잡지의
사생활

잡지의
사생활

미감과 호기심, 대화와 물건으로 이루어진 매체를
서울에서 만드는 일에 대하여

박찬용

세이지

잡지를
읽어본 적이 있는
분들께

아직까지 손 닿는 곳에 잡지 한두 권쯤은 있는 것 같다. 열처리를 하는 미용실의 한 구석이나 친구를 기다리러 들어간 커피숍의 잡지 코너에. 아니면 아직도 매달 20일쯤 서점에 가서 이 달에는 무슨 잡지가 어떻게 나왔나 살피시는 분들이 있을지도 모른다. 요즘은 보통 잡지와는 전혀 다른 종류의 감각을 보여주는 젊은 독립 잡지도 많다. 얼마나 많은 사람이 보는지는 모르겠지만 아직도 많은 잡지가 나오고 있다.

잡지라는 분류 안에는 아주 다양한 종류의 정기간행물이 들어갈 수 있다. 이 책에서 내가 말하는 잡지는 패션·라이프스타일 잡지를 말한다. 연예인이 표지로 나오고, 잡지를 사면 잡지 정가보다 비싼 화장품을 부록으로 주고, 가끔 감사하게도 드라마의 배경으로도 쓰이는 그 잡지. 웬만한 물건이 다 내 월급보다 비싸고 많은 물건의 가격이 미정인 그 잡지.

세상엔 아주 많은 직업과 직장이 있다. 누군가는 그렇게 생각할 수도 있다. 내 직업과 직장 이야기도 지긋지긋한데 왜 굳이 잡지 에디터라는 직업에 대해 쓴 글을 읽어야 할까? 내 직업에 뭐가 있다고 이 이야기를 남이 보는 원고라는 형태로 만들어야 하는 거지? 그래서 몇 가지 이유를 생각해 보았다. 나는 이유가 없으면 잘 움직이지 못하는 사람이다.

첫째 이유는 이 직업에 대해 순수한 호기심을 갖고 있는 사람들이 있는 것 같아서다. 모르는 사람을 만나는 자리에서 "아무개 잡지의 에디터로 일합니다"라고 스스로를 소개하면 놀라울 정도로 궁금해하거나 신기해하는 사람들을 몇 번 보았다. 연예인과 친한지, 잡지에 나오는 물건들은 왜 다 비싼지, 그래서 그 비싼 물건을 할인받아 살 수 있는지, ○○체라고 부르는 특유의 문체 같은 것은 어떻게 나오는지, 이 정도만 이야기해도 어느 정도의 생활정보는 될 수 있을 거라고 생각했다.

두 번째 이유는 조금 더 진지하다. 이 직업에 관심을 갖고 있는 젊은 사람들에게 도움되는 정보를 줄 수 있지 않을까 싶어서다. 젊은 날을 살다 보면 '나도 잡지 에디터라는 걸 해볼까' 싶을 때가 있다. 반면 온 세상의 미용실에 잡지가 있어도 잡지 에디터가 되려면 어떻게 해야 하는지에 대한 정보는 많지 않다. 패션 에디터는 무엇을 하는지, 피처 에디터라는 건 무슨 직업인지, 무엇을 익히고 어디에 연락해야 잡지 에디터라는 직업을 갖게 되는지, 그리고 실제로 그 일을 하면 어떤지 이런 것들에 대해 아는 대로 적어보려고 한다.

모든 직업은 되는 게 전부가 아니다. 그 직업을 가진 후의 이런저런 만족도나 실질적인 한계를 아는 것도 중요하다. 이런 면까지 포함해서, 잡지 에디터라는 직업에 대해 할 수 있는 한 실질적인 정보를 담고 싶은 마음에 이 글을 쓰게 됐다.

세 번째 이유는 아직 밝힐 수 없다. 작은 사연이 있다. 이 원고를 시작할 때 블로그에는 '음, 지금 적으려니 조금 무안하네요. 이 연재가 끝까지 가게 된다면 그때 말씀드리겠습니다'라고 적어 두었다. 그게 무엇인지는 책 마지막 부분에 실려 있다.

이러니저러니 해도 나는 이 일에 매력이 있다고 생각한다. 패션과 라이프스타일이라는 모호한 이름이 붙은 업계 안에서는 많은 일이 일어나고 있다. 한국의 패션·라이프스타일 잡지 에디터는 전 세계 라이프스타일의 최전선을 늘 눈여겨보면서 나름의 고민을 하고 있는 사람들이다(내가 모든 에디터를 아는 건 아니니 잘은 모르겠지만 얼추 다들 그러고 계실 거라 생각한다). 냉정히 말해 이 직업이 편안하거나 쉽거나 많은 사람들의 존경을 받거나 수입이 대단한 일은 아니다. 그런데도 이곳에는 뛰어난 사람들이 많다. 좋아하는 일을 하려 모여 있는 사람들이기 때문일 것이다. 일을 좋아하는 사람들과 일하는 건 아무나 누릴 수 없는 행운이다.

나 역시 잡지를 좋아한다. 사회생활을 한 이후에는 거의 내내 잡지 에디터로 일했다. 여섯 개의 잡지 판권란에 에디터로 이름을 올렸다. 좋을 때도 있었지만 늘 좋지는 않았다. 이름을 올렸던 잡지 중 세 곳은 망했다. 초호화 리조트 취재를 가본 적이 있고 퇴직금을 노동청에서 받은 적이 있다. 45만 원 주고 산 차를 몰다 졸음운전으로 교통사고를 낸 적이 있고 도쿄에서 롤스로이스의 미공개 신차를 구경한 적이 있다. 결혼은 못 했고 앞으로 어떻게 될지는 상상도 못 하겠지만 아무튼 이 글의 초안을 메구로 역 앞의 커피숍에서 적기 시작해 뉴욕발 인천행 KE82 창가 자리에서 마지막 교정지를 본다. 용케 아직 일하고 있다.

잡지 에디터로 일하면서 여러 가지 기분을 느꼈다. 아주 슬펐던 때도 있고 짜릿했던 때도 있었다. 잡지 에디터를 하고 싶다는 생각부터가 실수였다고 생각한 적도, 내가 그래도 이 맛에 이 일을 하는구나 싶었던 순간도 있었다. 지금은 그냥 하루하루 감사한 마음으로 최대한 즐겁게 일하고 있다. 내가 훌륭한 에디터라거나 유명한 에디터가 아닌 건 잘 알고 있다. 그저 지난 호보다는 나은 페이지를 만들려 노력한다. 그 정도면 된 것 아닌가 싶기도 하고.

지금 이쪽 업계는 한밤중의 살얼음판에서 스케이트를 타는 것처럼 위태롭다. 종이 잡지는 두말할 필요도 없이 시대의

왜 굳이 잡지 에디터라는 직업에 대해 쓴 글을
읽어야 할까?

흐름과는 뒤떨어진 정보 전달 플랫폼이 되었다. 디지털 기반 동영상이라는 포맷으로 정보가 오가고, 그에 따라 사람들의 관심과 집중이 자연스레 그쪽으로 쏠리고, 사람의 관심과 집중에서 매출을 발생시키는 광고업계와 광고주 역시 그쪽으로 사업 방향을 돌리면서 종이 잡지는 빠르게 변화를 맞고 있다. 이런 방면의 이야기도 하지 않을 수 없을 것이다. 개인적으로는 아직 잡지에는 경쟁력이 있다고 생각한다. 그게 무엇인지도 차차 이야기할 것이다.

여기까지가 내가 이 연재를 시작하기로 한 이런저런 이유와 사연이다. 이제 본편이다. 이 기획을 본 어떤 분께서 내게 하셨던 질문으로부터 시작해볼까 한다. 잡지 에디터의 일이란 대체 무엇일까?

차례

잡지 에디터는
무슨 일을 할까

2018년 2월 내 명함에는 피처 에디터[*]라는 직함이 쓰여 있다. 명함의 직함을 충실히 따른다면 한국에서 일 때문에 만나는 사람이 나를 부를 때의 호칭은 '박찬용 피처 에디터님'이 된다. 아무래도 번거롭다.

보통 업계에서는 우리를 기자라고 부른다. 스스로 "아무개 기자입니다"라고 하기도 한다. 에디터라고 쓰여 있으니 에디터라고 불러도 상관없다. "에디터님"이라고 부르는 사람도 있다. 아주 사소한 일이지만 짚어보면 뭔가 혼선이 있다. 나부터가 궁금했다. 왜 에디터일까?

에디터는 기자와 다를까? 아니다. 잡지 에디터와 기자의 일에는 겹치는 면이 있다. 잡지 에디터 말고 출판 편집자도 있다. 이 둘은 다를까? 아니다. 단행본 편집과 잡지 편집에도 비슷한 요소가 있다. 그래서 기자도 편집자도 아닌 '에디터'일까? '에디터'가 '미드필더'처럼 번역하기 힘든 말일까? (그 정도는 아니라고 생각하지만) 월간지를 만드는 일이 한국어로 표현하기 힘들 만큼 어려운 일일까? 차라리 그냥 기자라고 부르는 건 어떨

● 잡지 기사 중 주로 사회적 이슈와 인물 인터뷰, 기획 기사, 칼럼 등을 다루는 에디터. 대체로 패션과 뷰티를 제외한 모든 주제를 다룬다.

나에게 잡지 에디팅은 페이지를 만드는 일이다.

까? 지금도 업계의 일부 매체는 에디터라는 모호한 말 대신 기자라는 호칭을 쓴다. 이쪽이 깔끔한 것 같기도 한데, 왜 에디터라고 부를까?

신종 직업이기 때문에,가 나의 가설이다. 지금 사람들이 보는 라이프스타일 잡지가 한국에 생긴 지 얼마 안 됐다. <보그>, <엘르>, <에스콰이어> 등 해외에 본사가 있는 잡지의 한국판 잡지를 '라이선스지'라고 부른다. <에스콰이어>는 라이선스 남성지 중 한국에서 가장 오래된 잡지다. 하지만 그런 <에스콰이어>의 역사도 20년 정도다. 길지 않다.

반면 한국어로 번역하기 힘든 신종 직업이 잡지 에디터만 있는 것도 아니다. 이를테면 광고업계에서 쓰는 '크리에이티브 디렉터' 같은 말도 번역하기는 힘들다('크디님'이라고 줄여 말하는 경우가 많다고 들었다). 사회생활의 호칭에는 직함 말고 직급도 있다. '크디님'이라면 대충 부장님이나 이사님이라고 부르면 된다. 에디터는 그러기도 모호하다. 대리 에디터나 과장 에디터 같은 말은 없다. 그러다 보니 뭐라고 불러야 할지 난감한 직함이 남는다.

이름은 편리한 상징이다. 작가라면 글을 쓰고 병아리 감별사라면 병아리를 감별한다. 잡지 에디터는 무슨 일을 할까? 잡지 에디팅이라는 일이 무엇일까?

　나에게 잡지 에디팅은 페이지를 만드는 일이다. 페이지를 만드는 일에는 모호한 개념 잡기에서부터 구체적인 글자 수 줄이기까지에 이르는 여러 가지 일이 들어가 있다. 잡지 에디터는 완성된 페이지의 모습을 상상한 후 각자의 과정에 구체적으로 참여하는 사람이다. 어디까지나 내 의견이므로 다른 잡지 에디터께서는 얼마든지 다른 정의를 내리실 수 있다. 적어도 나는 내 일이 저런 것이라고 생각하며 일하고 있다.

　원고 작성은 잡지 에디터가 하는 일 중 가장 개인적인 일에 속한다. 인터뷰 원고 정리 같은 게 아니라면 웬만하면 원고 제작은 혼자 한다. 인터뷰 원고라 해도 날것의 녹취록을 원고의 꼴로 편집하는 건 혼자 하는 작업이다. 물론 잡지 기사는 프루스트의 《잃어버린 시간을 찾아서》처럼 하염없이 앉아서 만들어내야 하는 종류의 글은 아니다. 좋은 정보가 담긴 기사를 만들려면 나름의 취재가 필요하다. 권력형 비리를 잡아내거나 전환사채의 복잡한 절차에 가려진 편법 증여를 밝힐 때에만 취재를 해야 하는 건 아니다. 이를테면 맛있는 콩국수를 잘 만드는 집을 찾아 비결을 알려주기 위해서도 원론적으로는 저널리스트적 자세가 필요하다.

그렇다면 기자와 에디터의 차이는? 나는 페이지에 관여하는 정도라고 생각한다. 기자의 생산물은 보통 본인이 만드는 '기사'라는 텍스트^{text}다. 기획을 하고 취재를 해서 기사라는 꼴 ^{form}을 충족시키는 글을 쓰면 기자의 일은 대부분 완료된다. 신문사에는 사람들이 흥미를 끌 수 있는 제목을 뽑거나 중요도에 따라 지면을 배치하는 전문가들이 따로 있다.

잡지 에디터는 조금 더 해야 할 일이 많다. 잡지 페이지에는 글만 들어가지 않는다. 편집장의 글 정도를 제외하면 잡지 페이지 중 사진이 한 장도 없는 페이지는 거의 없다. 잡지에 나오는 모든 이미지는 그것이 거기에 있어야 하는 이유가 있다. 나름의 비용도 든다. 에디터는 그 모든 절차에 직간접적으로 참여한다. 패션 에디터처럼 글 대신 사진가와 작업해 정지 화면을 만드는 경우도 있다. 이 경우 에디터의 일은 말 그대로 페이지 편집^{edit}에 더 가깝다.

페이지를 편집하는 일은 혼자서만 할 수 없다(요즘은 편집과 사진을 다루는 기술적 장벽이 많이 낮아졌으므로 혼자 하려면 할 수도 있지만 그 이야기는 따로 할 만큼 길다). 잡지에 나오는 멋진 사진들은 모두 담당 에디터가 촬영을 진행한 결과다. 주제나 분위기를 정하고, 주제에 맞는 장소와 사진가를 정하고, 더 구체적으로 어디에 있는 어떤 스태프에게 어떤 일을 맡길 것인지 등이 모두 촬영 진행에 포함된다. 이거야말로 전문 기술이라고 할 만한 영역이다. 전에 인터뷰를 했던 웹툰작가 선우훈은 자신의 일을 가리켜 움직이지 않는 화면을 만든다는 의미의 '정화定畵감독'이라는 표현을 쓴 적이 있다. 잡지 에디터가 촬영을 진행해 이미지를 만드는 일도 그와 비슷하다.

글은 자기가 쓰고 촬영은 자신이 감독하지만 그것도 끝은 아니다. 글이든 그림이든 사진이든 에디터가 만들어온 것은 종이 또는 온라인 지면의 요소다. 식재료이지 요리가 아니라는 이야기다. 페이지의 요소를 스스로의 규칙과 스스로의 미감을 통해 배치하는 것, 즉 편집 디자인의 대략적인 방향을 잡는 일 역시 에디터의 일에 속한다. 여기서는 해당 편집 디자이너와 협업 또는 궁합이 중요하다.

한국의 잡지 시장이 작아서 에디터가 하는 일이 이렇게 많아졌을 수도 있다. 미국 잡지의 경우에는 제목만 짓는 '카피 셰프'가 따로 있기도 하다. 한국도 이쪽 일이 점차 성숙해지면 어떻게 될지 모른다. 한국의 라이프스타일 잡지 업계는 현재 이렇게 굴러가고 있다.

흔히 사람들이 떠올리는 피처 에디터의 이미지는 글 쓰는 사람인 듯하다. 업계에 아름다운 글을 쓰시는 분들이 워낙 많긴 하다. 그런 분들 덕분에 나 같은 사람까지 송구스럽게도 글 쓰는 사람 분류에 들어갈 때가 있다. 다만 앞에서 말했듯 문필력은 잡지 에디터가 갖춰야 할 여러 덕목 중 일부일 뿐이다. 극단적으로 말해 글을 아무리 잘 쓴다 해도 보고 싶어지는 장치를 만들지 못하는 사람이라면 이 직업과는 어울리지 않는다. 페이지를 잘 만들기 위해 필요한 기술은 여러 사람들에게 자신의 의견을 잘 설득시키는 기술일지도 모른다.

그러면 좋은 에디터란 무엇일까. 글솜씨와 기획력, 협상력, 각 부문의 전문가와 이야기를 나눌 수 있을 정도의 전문성, 모두 있으면 좋다. 그 중에서도 가장 중요한 건 이런 기술이나 재능이 아니라 의지라고 생각한다. 뭔가를 만들어보고 싶다는 의지, 뭔가 제대로 된 걸 만들어보고 싶다는 의지. 동기는 뭐든 좋다. 순수하게 아름다운 뭔가를 만들어보고 싶다고 해도, 지금 나오는 잡지 따위 다 너무 부족하니까 내가 하면 더 잘할 거라는 치기어린 마음이라 해도. 내 손으로 뭔가를 만들고 싶다는 의지가 강한 사람이 좋은 에디터 감이라고 본다.

항상 많은 사람들과 일해야 하므로 인성과 설득력도 중요한 재능이다. 흔히 떠올릴 미감이나 글솜씨 등의 재주는 다음 문제일 수도 있다.

한국의 잡지 에디터는 여러 가지 일을 해야 한다. 모호하고 추상적인 개념 설정에서부터 모델료 정산이나 소품 구입처럼 번잡한 일까지 모두 해당 페이지 담당 에디터의 몫이다.

열악한 환경 때문일 수도 있지만 한 직무 안에서 미시적인 것과 거시적인 일을 함께 해야 하는 일은 많지 않다. 구체적인 걸 보면서 추상적인 걸 그려보거나 반대로 추상적인 심상에서 출발해 구체적인 이미지를 만들어내려면 역시 재능과 연습이 함께 필요하다. 지금은 상업적(또는 상업성을 띤) 이미지가 어느 때보다 많이 만들어지고 있다. 그러므로 잡지 에디터적인 재능 역시 어느 때보다 많이 필요한 때라고 생각한다.

잡지에는
왜 비싼 물건만
나올까

몇 년째 일해도 새로 나온 잡지를 보면 기분이 좋다. 잘 구워진 올리브 치아바타 같은 걸 보는 기분이다. 내가 저 빵을 밀가루부터 만들지는 않았어도 우유 납품업자 정도의 역할은 한 것 같다. 구운 빵을 한 쪽 떼어 맛을 보는 기분으로 페이지를 넘겨본다. 내가 만든 페이지는 몇 번이나 봤으니까 지긋지긋하다. 팀의 다른 분들이 만든 걸 본다. 멋있는 물건이 있다. 오, 좋아 보인다. 사볼까? 얼마지? 사진 구석에 있는 좁쌀만 한 캡션을 찾는다. 183만 원. 아 못 사 못 사. 비싸서 살 수가 없다.

많은 분들이 잡지에 소개된 물건을 보고 좋아하다 가격을 보고 마음이 식은 적이 있을 것이다. 축복 수준으로 돈이 많은 몇몇을 뺀 대부분이 이런 경험을 한다. 잡지사에서 일한다고 하면 가장 많이 들은 이야기 중 5위 안에 드는 게 "왜 다 비싼 것만 나와요?"다. 사실이 그렇다. 비싼 물건이나 서비스가 많이 나온다. 왜일까. 잡지에 가격이 별로 안 비싸면서도 좋은 물건이 나올 수는 없을까? 꼭 그렇지는 않지만 이쪽에도 사정은 있다. 불가피한 이유도, 어쩔 수 없는 이유도, 우리 쪽에서 반성해야 할 이유도 있다.

우선 불가피한 것부터. 기본적으로 <에스콰이어>를 비롯한 라이프스타일 잡지는 라이프스타일 업계라는 사치품 시장의 최전선에 대해 이야기한다. 라이프스타일이라고 불리는 시장과 제품에 사치품만 있는 건 아니지만 사치품이 많다고 봐도 큰 무리는 없으리라. 사치품 라이프스타일을 말할 때 이쪽 잡지가 다루는 영역은 자동차 경주로 치면 F1 같은 세계다. 어떻게 보면 <사이언스> 같은 과학잡지에 최신 논문이 나오는 것과 큰 차이가 없다. 가장 먼저 상용화된 기술, 런웨이에서 봤는데 한국에 막 들어온 물건, 업계의 맨 앞에 있는 뉴스가 라이프스타일 잡지를 통해 소개된다. 그게 뭐든 상용화되자마자 시장에 나온 건 어쩔 수 없이 비싸고 접하기 어렵다. 하이패션 잡지*에서 아무데서나 볼 수 있는 옷이 나온다면 그것도 곤란한 일이다. 독자들도 아무데서나 볼 수 있는 옷을 보기 위해 하이패션 잡지를 고르지는 않는다.

대부분의 잡지에 나오는 좋은 물건의 가격이 미정인 이유도 그 때문이다. 잡지에 나온 물건 중에는 미국이나 서유럽 본사에서 DHL로 날아와 촬영을 하고 다음 날 다시 본국으로 돌려보내는 것도 많다. 그런 물건이 세관에 걸려서 촬영 담당 에

● 유행이 되기 이전에 먼저 디자인된 스타일을 담은 잡지. 우리나라에는 <보그>, <바자>, <W> 등이 꼽힌다.

디터가 난처해지기도 하는 게 매달 잡지사에서 일어나는 일이다. 가격 미정이라는 야속한 캡션 뒤에는 이렇게 기술적인 사정이 있다. 이해해주신다면 감사하겠다.

잡지에 나오는 모든 가격미정 물건에 정말 가격이 안 정해진 건 아니다. 있는 가격을 가리기도 한다. 종종 물건을 빌려주는 브랜드 측에서 가격을 알리지 말아달라는 요청이 들어온다. 두 가지 이유가 있다. 하나, 너무 비싸서 괜히 가격을 공개해봤자 사람들에게 비난만 들을 것 같은 경우. 어차피 아는 사람은 사는 물건인데 "이 시계는 뭔데 1억 4,800만 원이나 하는 거야?" 같은 비난을 듣고 싶지 않다는 뜻이다.

두 번째 이유는 조금 더 미묘하다. 가격을 미정으로 표시하면 잠재 고객이 묻는 경우가 있다. "<에스콰이어>에 나온 그 금시계 얼마예요?"라고 묻는 사람들이 있기를 기대하는 마음에 어떤 브랜드는 가격미정 표시를 요청하기도 한다. 가격미정의 세계는 심오하다.

잡지 에디터들끼리도 가끔 말한다. 왜 비싼 물건만 나오는지. 답은 한 군데로 모인다.

"비싼 게 예쁘잖아."

부인하기 어렵다. 세상의 비싼 물건은 대부분 비쌀 만한

아 못 사 못 사.
비싸서 살 수가 없다.

이유가 있다. 그 이유는 훌륭한 디자인이기도 하고 누구나 아는 브랜드 가치이기도 하며 한번 손을 대면 잊을 수 없을 정도로 황홀한 촉감을 주는 고급 소재이기도 하다. 그리고 보통 좋은 물건은 이 셋을 다 가지고 있다. 디자인, 브랜드 가치, 좋은 소재. 그리고 한 물건 안에 이 셋이 모인다면 그 물건의 가격은 1+1+1=3을 넘어선다. 한 20 정도는 되는 것 같다. 물건을 보다 보면 예쁜 게 더 비싸다는 건 쇼핑을 좋아하시는 분이라면 공감해주실 거라 생각한다.

여기까지 이야기하면 당신은 궁금해질 수도 있다. 다른 나라에는 좀 덜 비싸고 예쁜 것도 많던데? 다른 나라 잡지엔 가격이 적당한 물건도 많이 나오던데? 왜 한국 잡지에는 그런 물건이 안 나오지? 이건 한국의 제품 시장에 투덜거리고 싶은 부분이다. 실제로 유럽이나 미국, 일본 같은 경우는 가격이 아주 비싸지 않아도 좋은 물건이 많이 나온다. 꼭 패션뿐 아니라 일상생활에 관련이 있는 제품이면 그게 뭐든 종류가 많고 선택의 폭이 넓다. 꼭 초고가 수준이 아니어도 조금 더 돈을 쓰면 충분히 만족스러운 물건들이 많이 있다.

반면 한국은 유명 브랜드가 아닌 이상 웬만한 물건을 통틀어도 영감을 얻거나(많이 따라하거나) 덜 좋은 재료를 쓴(싼 티가 나는) 물건이 많은 게 현실이다. 그렇지 않다면 한국 잡지에도 질 좋고 상대적으로 덜 비싼 한국 제품이 많이 나온다. 패션계에서는 준지나 김서룡옴므의 옷, 아이리버의 아스텔 앤 컨 MQS플레이어나 에이프릴뮤직의 오라노트 오디오 같은 것들.

어쩌면 나를 비롯한 에디터들이 좋은 물건을 찾아 소개할 만큼 부지런하지 못했던 것 아닐까? 그렇기도 하다. 잡지에 안 나오는 좋은 물건이 많으니까. 이러니저러니 해도 세상에는, 아니 한국 시장에는 아주 많은 물건이 있다. 어떤 물건은 덜 비싸도 굉장히 멋있다. 대신 그런 물건은 잡지 에디터가 쉽게 찾아서 소개하기 어려울 때가 많다. 아무래도 전담 홍보팀이나 홍보대행사가 있어 촬영하는 물건을 바로바로 빌려주는 회사의 물건에 손이 가는 경우가 실질적으로는 더 많다. 사람들은 잘 모르지만 좋은 물건을 빌리려면 복잡한 과정을 거쳐야 한다. "안녕하세요, 여기는 서울에서 발간하는 <에스콰이어>라는 잡지인데요. 아니요 구두 만드는 거기랑은 이름만 같고 다른 데구요. 홈페이지에서 파시는 그 물건 좀 빌리려면… 네? 공문 보내라구요?" 같은 과정을.

일본 잡지 <뽀빠이>의 초기 멤버들은 잡지에 소개하기 위해 매달 미국에 가서 거기에만 있는 물건을 사서 일본으로 돌아왔다고 한다. 지금 한국 잡지 시장이 그럴 만한 분위기가 아닌 건 사실이다. 한국의 잡지 에디터들은 바쁘고 일이 많으며 과로한다. 광고주가 단독으로 나오는 화보나 콘텐츠를 만드는 데 들이는 시간과 과정은 길고 고되며 복잡하다. 엄밀히 말해 변명이지만 우리에게도 사정은 있다.

이런저런 끝에 한국은 결과적으로 접하기 쉬운 가격대의 물건을 출판 매체에서 보기 힘든 나라가 되었다. 미국의 <컨슈머 리포트> 같은 잡지나 일본의 <비긴>같이 충실한 제품 카탈로그성 잡지는 한국에서 나오지 않는다. 분명 그게 더 많은 사람들이 원하는 정보일 텐데, 사람들이 원하는 정보가 잡지라는 형태로 상품화되지 못하고 있다. 이야기하자면 아주 길지만 거칠게 요약하면 수요와 공급의 축이 조금씩 어긋나기 시작해 지금의 결과까지 이른 것이다.

자본주의 문명이 굴러가는 한 사람들은 물건을 구매하고 그 물건의 정보를 원한다. 그래서 으레 잡지에 있었어야 할 콘텐츠들이 한국에서는 다른 곳에 가 있다. 파워블로거의 블로그, 대형 인터넷 카페, 그리고 온라인 셀렉트숍이다. 우리가 물건을 사고 뭐가 좋은지 찾아볼 때 결국 찾아보는 건 이 셋 중의 하나일 가능성이 높다. 네이버에서 한국어로 검색하는 거의 모든 사람들이 저 세 채널의 정보를 참고해 물건을 산다.

이건 좋거나 나쁘다고 단정하기 어려운 상황이다. 해당 분야에 대한 전문 저널리스트·에디터가 아닌 블로거가 만드는 콘텐츠가 나쁠까? 솔직히 나는 모르겠다. "안녕하세요 이웃님들~"이라는 말과 함께 정보를 주는 블로거는 보기 쉬운 정보를 무료로 올린다. 그들에게 저널리스트적 직업윤리가 떨어진다고 주장할 근거도 없다.

한편으로는 제대로 된 정보에 제대로 된 값을 지불하는 소비자층이 얇기 때문에 정보를 편집하고 가공해서 판매하는 매체가 사라졌다고 볼 수도 있다. 그렇다고 소비자를 탓할 일일까? 이것도 모르겠다. 검색만 하면 품질은 조금 미심쩍더라도 공짜로 볼 수 있는 정보가 쏟아지는데? 고민 끝에 난 그냥 이 상황을 한국적인 현상이라 여기기로 했다. 대륙성 기후나 고산지대의 산소량 부족처럼 내 몸에 안 맞는다고 기후를 비난할 수는 없지 않은가.

내가 존경하며 모셨던 어떤 편집장도 잡지에 비싼 물건만 나오는 걸 좋아하지 않았다. "나는 <노멀>이라는 잡지를 만들고 싶어. 정말 나 같은 사람이 살 수 있는 물건과 라이프스타일에 대해서 이야기하는 잡지야. 어디 할인 매장이 좋다더라. 국산 신차 중형 세단과 수입 중고차 중에서 뭐가 더 좋을까, 여행도 호화 리조트가 아니라 남도 여행 같은 거 있잖아."

그의 꿈은 아직 이루어지지 않았다. 그런 이야기는 네이버 블로그와 보배드림에 다 있기 때문일까. 언젠가는 <노멀> 같은 잡지가 나올 수 있으려나. 그런 잡지가 나오면 당신은 볼 생각이 있으신지? 사서 볼 정도이신지? 얼마까지 내실 수 있으신지?

직배송된 외국어

외래어는 멀리서 DHL로 보내온 식재료처럼 늘 책상 위에 쌓여 있다. 원고를 만들고 마감을 할 때면 나는 온갖 외래어 사이에서 고민한다. 외래어라는 외산 개념을 어떻게 한글이라는 알파벳으로 표현해야 할까. 스플릿 세컨드*를 그냥 스플릿 세컨드라고 쓸까 아니면 좀 풀어 쓸까. 1932년 안양역장이었던 혼다 사고로 씨의 이름 뒤에는 한자를 넣어야 할까 말까. 너도 나도 쓰는 스타트업 같은 말은 막상 열어보면 신규 창업 수준인데 나까지 이 말을 내 페이지에 담아야 할까.

잘 아시다시피 잡지에는 온갖 외래어가 나온다. 디퓨저 같은 외국 단어가 나오기도 하고 HUD(헤드 업 디스플레이)나 DLC(다이아몬드 라이크 카본)처럼 약어가 나오기도 하며 투르비용*이나 폴터가이스트▲처럼 영어가 아닌 다른 나라의 말이 나오기도 한다. 영어나 일본어를 과격하게 직역해서 읽다 보면

●   Split second, 하나의 크로노그래프(시계 안에 있는 별도의 계기판)로 두 개의 경과 시간을 표시하는 장치.

◆   Tourbillon, 기계식 시계의 탈진기를 360도로 회전시키는 장치. 지금은 고가 시계의 장식 요소로 더 많이 쓴다.

▲   Poltergeist, '시끄러운 유령'이라는 뜻의 독일어. 물건이 스스로 움직이거나 소음이 나는 현상을 이르는 말.

칼로리발란스를 급하게 삼키는 것처럼 잘 삼켜지지 않는 문장도 적지 않다. 왜일까? 잡지에 나오는 글은 꼭 다 그래야 하는 걸까? 글쎄, 나는 꼭 그렇지는 않다고 생각한다. 다른 분들의 생각은 어떨지 모르겠지만 적어도 여기서는 내 이야기를 하고 있으니까.

라이프스타일 잡지에서 외래어는 앞서 말한 비싼 물건보다 더 불가피한 면이 있다. 새로운 물건과 새로운 문화가 소개되면 그를 소개할 새로운 말도 필요하다. 잡지에 외래어가 많이 나온다고 하지만 우리는 생각보다 많은 외래어를 일상적으로 쓰고 있다. 욜로, 밀레니얼, 하이 웨이스트 진, 블록체인, 젠트리피케이션, 유튜버…. 게다가 라이프스타일 잡지는 (엄밀히 실시간은 아니어도) 개념적으로는 늘 가장 새로운 것을 다룬다. 바깥 나라의 새로운 것을 소개하는 데에 새로운 말이 따라오는 건 당연하다.

나와 맞은편에 앉아 있는 김태영 선배(지금은 <에스콰이어> 피처 디렉터다)는 한국의 자동차 기자 중에서 가장 운전을 잘하는 기자 중 한 명이다. 그는 자동차 전문가 입장에서 외래어 사용의 어려움을 말해주었다.

그는 외래어 사용의 어려움을 떠올리는 첫 사례로 차량이라는 말을 꺼냈다. 차량이 외래어라고? 그렇다. 차량은 일본식 한자어다. 그의 말로는 디퓨저나 사운드 시스템 같은 말이 정말 한국어화하기가 어려운 말이라고 한다. 굳이 한국어로 풀자니 너무 길어지고(문장의 가독성과 운율 때문에라도 문장과 구절의 길이는 중요하다), 또 꼭 필요해서 한국어로 풀다보면 북한말처럼 고압적이고 딱딱한 느낌이 되고.

내가 맡은 시계 분야도 비슷하다. 대표적인 게 크라운crown 이다. 시계 오른쪽이나 왼쪽에 달려서 시간을 맞추거나 태엽을 감을 수 있는 손잡이를 크라운이라고 한다. 크라운의 원래 뜻은 왕관이다. 영영사전에 나오는 풀이도 '힘의 상징이자 왕조의 보증'이다. 시계 태엽을 감는 손잡이를 크라운이라고 부르는 것부터가 일종의 비유다. 용두龍頭 역시 '용의 머리'라는 일본산 한자어다. 크라운이라는 비유적 표현에 대한 동아시아식 이중 비유인 셈이다. 일본식 한자의 뜻은 원래의 뜻과 너무 멀어졌다. 그러느니 영문 표현을 쓰는 게 낫다. 내가 일했던 한국 최초의 시계 전문지 <크로노스>의 원칙이었다. 용두는 국어사전에도 등재된 말이지만 그 이후로 나도 늘 원고에 크라운이라고 쓴다. <크로노스>에 동의한다.

이 외에도 외국산 단어는 아주 많다. 음식이나 술, 여행에서는 더 많이 나온다. 바질페스토, 브리치즈, 링귀니, 하이랜드 위스키, XO 등급, FCB, LCC, 에어비앤비, 다크 투어리즘….
외국산 문화의 산물이 가장 먼저 들어와서 직업 기자와 편집자에 의해 한국어로 기사화되어 정기간행물로 유통되는 곳이 잡지다. 일종의 방역본부처럼 잡지는 외래어 수입의 최일선 중 하나라고 볼 수도 있다. 생각보다 많은 사람들이 이 최일선에서 가장 적합한 표현에 대해 계속 고민한다.

지금까지 든 예는 사전적인 경우에 속한다. 사전적인 의미 쪽은 그나마 낫다. 몇 명이 머리를 맞대고 합의하면 적당히 만족스러운 한국어 표현형이 나올 수 있다. 어떤 건 그대로 가자, 어떤 건 좀 한국어로 바꿔보자, 이런 식으로.

패션 쪽은 조금 더, 아니 사실은 훨씬 더 모호하다. 개념이라기보다는 인상에 따라 좌우되는 부분이 많기 때문이다. 패션 용어를 번역하거나 우리말로 풀어 원고를 만들어보면 꽤 어려워진다.

쉽게 번역이 되는 경우도 있다. 심플한 룩 같은 건 간결한 느낌 정도로 하면 된다. 그렇다면 아이스 진은? 한없이 투명에 가까운 블루진? 그런데 블루진은 외래어가 아닌가? 더블브레스티드 슈트*는? 싱글 몽크스트랩 슈즈는? 페일블루는 어떻게 쓰지? 보이프렌드진은? 무작정 번역하다가 글이 길어지면 그것도 곤란하다. '꼬르소 꼬모에서 판매하는 타셴의 책으로' 하면 캡션 칸이 넘어가서 어쩔 수 없이 '타셴 by 꼬르소 꼬모'라고 하기도 한다. 외래어를 한국어로 쓰는 데에는 이런저런 사정이 있다.

《배를 엮다》◆ 수준까지는 아니어도 한국어 잡지 에디터들도 나름 열심히 노력한다. 《배를 엮다》 속 등장인물들은 사전 《대도해》를 편찬하기 위해 정말 꼼꼼하게 오랫동안 노력한다. 그만큼 중요한 일이기도 하지만 사전은 월간이 아니기 때문이기도 하다.

월간지는 월 마감이다. 매달 20일에서 21일 정도에는 전국의 서점에 깔려 있어야 한다. 마감에 쫓기고 이런저런 일들을 겪으며 원고를 만들어야 한다. 마음처럼 되지 않는 촬영 스케줄. 내가 잊은 남의 부탁과 남이 잊은 나의 부탁. 전날 먹은 야식 때문에 생긴 소화불량과 그로 인해 생긴 것 같은 왼쪽 눈썹 위의 뾰루지, 이런 것들 사이에서 가까스로 원고를 만든다. 그

● 재킷의 앞 여밈을 깊게 파고 두 줄의 단추를 단 슈트.

◆ 사전을 편집하는 출판사의 이야기를 담은 일본 작가 미우라 시온의 소설.

생각보다 많은 사람들이 이 최일선에
가장 적합한 표현에 대해 계속 고민하고 있다.

러다 보면 어쩔 수 없이 잘못되거나 나중에 봤을 때 더 잘할 수 있었는데 싶은 아쉬운 표현이 인쇄되고 만다. 징징거리는 것처럼 보이는 걸 안다. 프로페셔널이라면 어느 환경에서든 변명을 하지 말아야 한다고도 생각한다. 하지만 한정된 상황 안에서 최선을 다하는 것만은 사실이다.

현장의 잡지 에디터들이 다 잘했다는 이야기도 아니다. 다른 분들은 모르겠지만 나는 분명히 반성해야 할 부분이 있다고 생각한다. 나를 비롯한 사람들에게는 쉽게 표현해도 되는 걸 어렵게 표현하면 멋있어 보일 거라는 못된 버릇이 있다. 외래어는 그럴 때 외산 식재료처럼 쉽게 쓰이는 소재다. 심플하다, 시크하다, 엘리건트하다, 오소독스한 같은 표현들. '뎀나 바잘리아●가 이끄는 발렌시아가의 언패셔너블 시크'나 '뉴욕 스트리트 감성이 제대로 느껴지는 슈프림 리미티드 에디션' 같은 표현. 내 페이지에 저런 수식어는 넣지 않으려고 한다.

발음을 어떻게 표기하느냐도 은근히 신경 쓰이는 부분이다. 업계의 교정사 선생님들이 고집하는 발음 중 리어나도 디캐프리오가 있다. 레오나르도 디카프리오와 동일 인물이라고

● 베트멍 디자이너. 발렌시아가의 크리에이티브 디렉터로도 일한다.

생각하기 쉽지 않다. 팜프 파탈도 교정을 거치면 팜 파탈이 된다. 교정을 존중한다. 그러나 한 사람의 독자 입장에서 팜 파탈이라고 하면 좀 고개를 갸웃거릴 것 같긴 하다. 왠지 농장의 악녀 같은 느낌이랄까. 아무튼 말과 글을 다루는 일에는 이렇게 재미있는 수다거리들이 있다.

몇 년 전에는 엘리게이터와 크로커다일을 둘 다 악어가죽이라고 썼다가 큰일날 뻔한 적이 있다. 두 악어는 종이 다르다. 가죽의 무늬와 질이 달라서 둘은 가격도 다르다. 침팬지와 오랑우탄을 원숭이라고 할 수 없는 것과 같다.

어쩌면 외산 라이프스타일 잡지를 만드는 우리는 늘 외래어를 접하면서 모국어의 어휘 범위를 조금씩 넓히고 있는 거라고도 생각한다. 영어권에서도 김치는 KIMCHI고 스시는 SUSHI다. 꼭 잡지가 아니라도, 번역가든 무역업자든 해외와 직접적으로 일하는 사람들이라면 모두 각자의 한국어로 자신이 받아들인 개념을 한국어화하고 있을 것이다.

개인적인 의견으로는 해외의 자료나 개념으로 원고를 만들 때 외래어를 원어로 쓰느냐 마느냐는 둘째 문제다. 읽기 좋은 문장 모듬을 만드는 게 먼저다. 외국에서 쓰는 스타트업이라는 말을 직역하느냐 의역하느냐, 의역한다면 어떤 말로 하느냐, 의역하거나 직역한 표현이 앞뒤 문장과 얼마나 잘 붙으면서 독자의 눈에서 쉽게 미끄러지듯 넘어가느냐, 내게는 그게 더 중요하다. 잘 되고 있는지는 모르겠지만. 혹시 이 글을 읽으면서 이상한 외국어 표현이 보이면 거리낌없이 지적해 주시길 바란다.

이번 달에도 원고를 만들면서 고민할 것 같다. 외래어를 옮길 때는 딱히 답이 없어서. 개인적으로는 '콘텐츠'에 해당하는 한국어 표현형을 찾고 싶은데 아직 제대로 못 찾아서 답답하다. 시계의 스트랩과 브레이슬릿, 케이스를 대체할 수 있는 한국어 표현형도 몇 년째 생각하고 있지만 쉽지 않다. 업계에 계시던 한 선배는 카메라를 '바디'라고 쓸지 '보디'라고 쓸지도 계속 고민된다고 했다. '수트'와 '슈트'도 어감이 다르니까. 왠지 '더블 브레스티드 슈트'라고 하면 잠수복이 떠오르는 게 솔직한 마음이다. 이런 생각을 하면서 또 한 번의 마감을 보낸다.

취향이 뭐길래

"취향도 좋으시겠어요."

"음악도 많이 알고 영화도 많이 아시겠네요."

"요즘 어디가 잘 나가요?"

어디 가서 잡지 에디터라고 하면 이런 말을 종종 듣는다. 그럴 때면 조금 난처하다. 나는 극장을 한 달에 한 번도 안 간다. 음악도 굉장히 열심히 찾아 듣는다고는 할 수 없다. 용산구나 마포구나 성동구에 있다는 좋은 곳도 잘 모른다. 이 업계에는 새로 나온 곳을 열심히 알아내서 틈날 때마다 찾아가는 사람들이 꽤 있는 것 같지만 나는 그런 과가 아니다.

아닌 게 아니라 이 업계는 취향이라는 걸 중요하게 여기는 것 같다. 무슨 음악을 듣는지, 무슨 영화와 어떤 넷플릭스 시리즈를 보았으며 지금은 무엇을 몇 시즌까지 봤는지, 어느 브랜드의 무슨 옷을 어디서 샀는지, 이번 휴가에는 어디에 가서 어떻게 지냈는지, 거기는 한국 사람이 얼마나 없었는지. 보다보면 취향을 중요하게 여기는 걸 넘어서, 삶의 곳곳에 배어나는 취향을 중요하다고 여기는 취향까지 있는 것 같다. 취향을 좋아하는 취향을 좋아한달까.

취향에 의미가 있는 것 같긴 하다. 삶의 모든 일을 취향이라는 단위로 들여다볼 수도 있다. 당신이 먹은 것이 당신이고 당신이 사는 곳이 당신일 수 있듯 당신이 쓰는 물건 역시 당신일 수 있다. 몰스킨 다이어리를 쓰느냐, 반스를 구겨 신느냐, 검은색 로퍼에 흰 양말을 신느냐 검은색 양말을 신느냐 아니면 회색 양말을 신느냐, 이런 요소에 따라 취향이라는 게 드러날 수 있다. 국기가 나라의 상징이고 가볍게 덮인 금발 가르마가 도널드 트럼프의 상징이듯 우리가 걸치고 쓰는 물건이 우리를 상징한다고 볼 수도 있다. 물론 아닐 수도 있다. 사는 것만 해도 피곤해 죽겠는데 그런 걸 따질 시간이 어딨어. 하지만 이쪽 사람들은 그렇게 작은 요소가 모여 취향이라는 게 드러난다고 믿는다.

적어도 잡지 에디터를 하면서 취향이 아무 의미 없다고 볼 수는 없다. 라이프스타일 잡지 에디터의 일 중엔 여러 가지 중 뭔가를 골라서 소개하는 일도 포함된다. 뭔가를 골라 소개하려면 선별과 배제의 기준이 필요하다. 취향 역시 기준이 될 수 있다.

아디다스 스탠스미스와 푸마 스웨이드와 나이키 코르테즈는 발을 보호하고 잘 미끄러지지 않는다는 운동화의 기능적 측면에서 모두 같다. 하지만 어떤 사람은 나이키에서 고개를 끄덕이고 아디다스에서 잠깐 고개를 갸웃하다 푸마 앞에서 인상을 찌푸린다. 그런 걸 취향이라고 볼 수 있겠다. 무슨 말인지 잘 모르겠다면 당연하다. 취향은 양현석의 아이돌 선발 기준처럼 모호하기 때문이다. 아니, 모호해도 된다는 말이 더 맞겠다. '취향이니까'라는 말을 포스트잇처럼 아무데나 붙이고 다니는 세상이니까.

얼마나 신경을 쓰느냐에 따라 취향은 끝없이 예민해질 수 있다. 예민한 취향은 가격의 문제도 아니다. 올리브영에서 파는 립밤의 색깔을 고를 때도 취향에 따라 물건을 고를 수 있다. 화장실에서 쓰는 두루마리 휴지를 쓸 때도 엠보싱 무늬에 따라 어떤 물건을 배제할 수 있다. 비싼 건 말할 것도 없다. 똑같은 플래티넘 시계 중 파텍 필립을 사느냐 랑에 운트 죄네를 사느냐 아니면 가장 흔한 롤렉스를 사느냐.

꼭 돈 주고 사는 물건에만 취미가 적용될 리 없다. 똑같은 베토벤 3번 피아노 소나타라도 루빈스타인을 듣느냐 키신을 듣느냐, 오랜만에 옛날 노래를 듣고 싶은데 X-재팬을 듣느냐 루나씨를 듣느냐, 쥬라식5를 듣느냐 라킴을 듣느냐, 이런 것도 다 취향의 범주에 들어갈 수 있다.

여기까지 읽으시다 보면 이게 다 뭔가 싶으실지도 모른다. 바로 그거다. 취향은 기본적으로 속물적인 지표다. 지금까지

예로 든 취향이 쌓이려면 가처분소득이라는 자원이 필요하다. 돈이 전부가 아니다. 취향을 쌓기 위해 가장 필요한 자원은 시간이다. 돈+시간+공부라는 개인의 자원을 열심히 지속적으로 집어넣어야 취향이라는 지적 아카이브를 쌓을 수 있다.

살다보면 어디서든 자기가 쌓은 취향을 자랑스러워하는 사람을 만날 수 있다. 취향이든 뭐든 소중히 만든 걸 자랑스러워하는 태도는 이해할 수 있다. 하지만 세상 어느 분야에서든 대놓고 너무 심하게 자랑하면 웃겨진다. 취향도 예외는 아니다.

취향이라는 허들은 날이 갈수록 낮아지고 있다. 초고속인터넷과 항공사 특가요금 덕분이다. 이쪽 업계에서 막연히 좋은 취향이라고 말하는 것들을 구체적으로 보면 서유럽이나 북미(또는 가끔 일본)의 특정 계층에서 잘 나간다고 칭하는 것들인 경우가 많다. 좋은 취향을 보고 접하려면 선진국으로 취향 구경을 가면 된다. 지금은 인터넷 덕분에 좁은 방 안에서도 버질 아블로*나 뎀나 바잘리아처럼 이쪽 세계의 경향을 이끄는 사람들 소식을 실시간으로 알 수 있게 되었다.

전에는 그렇지 않았던 것 같다. 내가 이 일을 하기 전에는

● 루이비통 아트디렉터.

서유럽과 북미의 트렌드를 조금 구경한 후
취향이라고 떠들 수 있는 시대는
데이터 무제한 요금제와 함께 끝나고 말았다.

라이프스타일 에디터들의 경험이 정말 귀했다. 외국에 가기도 쉽지 않던 때에는 4대 패션컬렉션을 실제로 보고 온 사람들이 취향의 왕이 될 수밖에 없다. 외국 여행 정보가 잘 알려지지 않았다면 벨기에 앤트워프 정도만 다녀오고도 아주 가기 힘든 곳에 갔다고 할 수도 있다. 지금은 그렇게는 안 된다. 항공료는 날이 갈수록 싸지고 있다. 초고속인터넷도 점점 빨라지고 있다. 고속으로 움직이는 차 안에서 초고속인터넷을 즐기는 일은 10년 전만 해도 첨단 기술이었다. 기술 발전에 맞춰 블로거라는 신종 정보 생산자와 인플루언서라는 신종 유명인이 생겨났다. 에디터만의 체험이라는 건 점점 희미해지고 있다.

속물세계의 취향을 자랑하는 일이 좀 지겹게 느껴지기도 한다. 이런 표현을 써도 될지 모르겠지만 이제 사람들의 취향이라는 건 꽤 많이 상향 평준화됐다. 잡지 에디터를 포함한 모든 저널리즘 종사자는 이제 네티즌이라는 익명의 전문가에게 검증을 받아야 한다. 익명의 네티즌 중에서는 화가 많이 나서 어디서든 근거 없이 화를 내는 사람도 있지만 나는 그 사이에 분명히 아주 많이 아는 사람이 있을 거라 확신한다. 어디에도 올리지 않고 조용히 이 책을 구입해서 이런 글을 읽는 당신 같은 사람 말이다. 그런 사람 앞에서 취향을 드러내는 건 좀 낮부

끄러운 일이다. 취향이 속물적인 징표라면 취향이 중요하다고
여기는 것부터가 좋은 취향이 아니다.

그러니 혹시 어딘가에서 에디터들이 하는 취향 어쩌구 하
는 말에 별로 주눅들 필요가 없다. 서유럽·북미의 마이크로트
렌드를 조금 구경한 후 취향이라고 떠들 수 있는 시대는 데이
터 무제한 요금제와 함께 끝나고 말았다. 어떤 선배는 이런 말
을 한 적이 있다.

"인스타그램에 어떤 인플루언서가 자기 사진을 올리는데,
샤넬 가방을 색색깔로 다 갖고 있는 거야. 내가 패션 에디터면
저런 애를 어떻게 이기나 싶었어. 경험의 양에서 너무 차이가
나잖아. 내가 저 사람보다 더 많은 경험을 해서 더 좋은 기사를
쓸 수 있을까?"

경험의 양과 통찰의 질이 비례하지 않을 수는 있지만 그
선배의 말에는 분명히 일리가 있었다. 그 선배는 지금 다른 일
을 하고 있다.

지금은 고만고만한 취향이 아니라 태도가 더 중요한 시대
다. 존경하는 웹진 <아이즈>의 강명석 편집장도 한 칼럼에서
비슷한 말을 했다. 최근 한국의 대중 미디어는 한국의 중년 남
자에게 문화적 취향의 중요성을 강조했지만 지금(칼럼을 만들

던 당시) 가장 주목 받는 예능인은 취향을 포기한 김생민이라고. 김생민은 취향을 포기하는 대신 다른 취향을 조심스럽게 인정하는 태도를 갖췄다고. 취향 이전에 바뀌어야 할 삶의 태도가 있다고. 김생민은 다른 일로 연예계를 떠나다시피 했지만 김생민이 방송에서 다른 사람들에게 대하던 태도는 여전히 훌륭하다.

잡지 에디터적인 취향이라는 말은 좀 그렇지만 잡지 에디터적인 태도라는 건 있을 수 있다고 본다. 세상 모든 일의 재미를 궁금해하는 호기심. 자기가 모르는 세상에 대한 겸손. 남에게 정보를 주어야 하니 어디서든 배울 준비가 되어 있는 겸허한 자세. 자기가 틀렸다는 사실을 언제든 받아들일 수 있을 정도로 강인한 마음. 적다보니 이런 사람들이라면 에디터 말고 다른 일을 더 잘할 것 같기도 하다.

물건이 어느 때보다 많아지지만 물건의 변별력은 점점 떨어지는 세상이다. 이럴 때야말로 정말 개성적인 취향의 에디터가 필요할 수도 있다. 대신 그 좋은 취향 안에는 겸허한 태도라는 요소도 들어 있을 것 같다. 공작의 깃털처럼 취향을 전시하던 시대는 동방신기가 5명이던 시대처럼 지나갔다. 겸허한 삶의 태도가 세련된 거라는 세계관이야말로 좋은 취향 아닐까 싶은데. 이렇게 생각하기 때문에 내가 인지도 없는 무명 에디터로 남아있는 건가 싶다.

사진가, 디자이너,
교정사와 일하기

어떤 페이지를 만들면 에디터가 그 페이지의 주인공처럼 여겨질 때가 있다. 이 일의 가장 감사한 점이라고 생각한다. 실제로 아주 가끔 "무슨무슨 페이지 잘 봤어요"라는 칭찬을 들을 때도 있다. 윤년 정도로 가끔 있는 일이라 놀랍고 기쁘지만 마음 한쪽에는 빚진 기분이 남는다. 그 말 안에는 담당 에디터 말고 그 페이지에 관여한 다른 사람들은 간과되었다는 의미가 있기 때문이다.

잘한 결과물이 내 것으로 남는다는 건 물론 대단한 일이다. 하지만 영화가 감독만의 것이 아니듯 나 혼자서 그 페이지를 다 만들지 못한다. 각자의 자리에서 아주 훌륭한 역량을 키우신 분들이 나와 함께 일하고 있다. 이 분들의 중요성은 몇 번을 말해도 지나치지 않다.

라이프스타일 잡지의 에디터로 일하다 보면 사진가와 계속 일하게 된다. 잡지에서 사진은 굉장히 큰 역할을 한다. 잡지는 이미지가 중요하고 사진은 이미지를 구성하는 아주 큰 요소다. 흔히 잡지 사진이라고 하면 연예인 화보 사진이나 패션 사진을 떠올린다. 그분들처럼 눈에 잘 띄지 않아도 아주 긴요한 포지션의 사진가들도 있다. 제품 전문 사진가 또는 현장 취재 전문 사진가, 건축 사진가나 풍경 사진가 모두 잡지를 만드는 입장에서는 매우 귀한 분들이다.

나는 사진이 기사보다 더 중요하다고 생각할 때도 있다. 실제로 잡지에는 원고보다 사진이 중요한 페이지가 더 많다. 꼭 패션 페이지가 아닌 피처 페이지여도 마찬가지다. 특히 피처 페이지를 만드는 입장에서, 나는 신문과 잡지의 두 번째로 큰 차이는 사진이라고 생각한다. 사진이 아니라면 신문과의 변별력이 크게 없을 법한 기사도 적지 않다.

사진가와 일을 진행하는 건 그래서 이쪽 잡지의 에디터들에게 매우 중요한 소양이다. 어떤 사진가에게 어떤 이미지를 함께 만들어보자고 부탁하느냐, 그 사진가를 얼마나 이해하느냐, 그 사진가에게 내 뜻을 어떻게 이해시키느냐, 그렇게 합의해서 함께 어떤 사진 이미지를 만들어내느냐, 이런 요소들이 모여서 좋은 사진과 좋은 페이지가 나온다.

엄밀히 말해 페이지 속 사진은 에디터와 사진가의 공동 작업물이다. 각자의 독선을 고집하지 않으면서도 각자의 고유한 개성을 표현할 수 있는 합의선에 도달하는 게 중요하다. 말은 그럴듯하게 했지만 사실 나도 이 일을 하면서 그렇게 사진가들과 잘 했는지는 별로 자신이 없다. 사진가의 심기를 거슬리지 않았길 바랄 뿐이다.

신문과 잡지의 차이 중 두 번째가 사진이라고 했다. 첫 번째는 뭘까. 지금 나와 일하는 편집장님을 비롯한 다른 동료들은 어떻게 여길지 모르겠지만 나는 디자인이라고 생각한다. 디자인이야말로 잡지의 척추일 수 있다. 에디터가 직간접적으로 만들어온 글과 이미지를 효과적이면서도 아름답게 배치하는 건 대단한 창의적 노동이다.

죄송한 이야기지만 나도 이 일을 하기 전까지는 디자인이 이렇게 중요한지 몰랐다. 일을 하면서 디자인의 중요성을 점차 알게 됐다. 첫 직장인 여행잡지는 디자인이 멋있기로 유명했다. 당시 그 잡지 창간팀에 있었던 아트 디렉터 선배 덕분이었다. 그분이 개인적인 사정으로 퇴사하자 뭔가 달라졌다. 무엇이 달라졌는지 지목할 순 없어도 뭔가가 덜 좋은 방향으로 달라진 건 확실했다. 주인이 바뀐 식당처럼 초대 아트 디렉터가 사라진 잡지는 그 잡지 특유의 개성을 잃었다. 아트 디렉팅이라는 게 이렇게 중요한 거구나, 라고 깨달았다. 그 다음부터 다른 디자이너들과 작업하면서 점차 편집 디자인이 책에 얼마나 큰 영향을 주는지 몸으로 배웠다.

지금의 내게 디자인은 정말 중요하다. 아무리 글이 좋다고 해도 디자인이 별로라면 안타까울 정도로 보기가 싫어진다는 걸 이제는 안다. 맛있는 음식 다섯 개를 일회용 그릇에 대충 뒤섞어둔 것과 다를 바 없는 디자인이라는 것도 세상에는 있다 (적잖이 있다). 다행히도 그런 디자이너를 내가 만난 적은 없다. 반대로 디자인이 좋으면 보고 싶어진다. 지금의 종이잡지는 일종의 물건이다. 물건이라고 봤을 때 잡지의 변별력이란 표지 디자인뿐이다. 만약 어떤 사람이 각 잡지의 특징도 모르고 표지 모델에도 별 관심이 없다면 가장 큰 변수는 역시 표지 디자인이다. 디자인이 좋아야 독자의 손에 들어갈 수 있다. 예쁜 꽃처럼, 아니면 잘 만들어진 덫처럼.

디자인과 사진이 좋아서 마침내 글을 읽게 됐다고 치자. 마침내 내가 가장 많이 관여하는 분야인 원고가 나왔다 치자. 그마저도 다 내 것은 아니다. 우선 편집장을 통과한 원고이고, 그전에 교정사의 검수를 거친 원고다. 대부분의 상업 잡지사는 한 달에 한 번 함께 일하는 교정사가 있다. 보통 교정 선생님이라고 부른다. 몇 년 전만 해도 교정 언니라고 부르던 때도 있었지만 적어도 요즘 우리 팀에서는 그 말을 잘 쓰지 않는다. 개인적으로는 선생님이라는 표현이 더 좋다. 응당 그들이 받아야 할 예우를 호칭으로라도 행한다는 의미에서.

교정사의 일은 단순한 오탈자 수정을 넘어선다. 교정사는 잘못된 구멍에 채워진 단추처럼 틀어진 문장이나 어색한 문장을 고쳐준다. 단순히 고쳐주는 걸 넘어 해당 에디터에게 수정 가능한 표현을 제안해주기도 한다. 문장에서 정보가 부족하거나 정보가 틀렸을 것 같은 때에도 교정사들이 일일이 찾아준다. 내가 블로그에 글을 올릴 때 가장 망설였던 사실 중 하나는 교정을 거치지 않은 글이 사람들에게 읽힌다는 것이었다.

내게 교정사의 일은 단순한 예우 이상이기도 하다. 내게 이 업계에서 접한 첫 스승은 교정사였다. 내가 처음 일하던 잡지의 교정 선생님은 '기자를 가르친다'는 표현을 듣기도 할 정도로 꼼꼼한 분이셨다. 사람마다 함께 일하는 합이 다르겠지만 그때의 나에겐(지금의 내게도) 가르침이 필요했다.

그분은 글에 대해 지금보다 더 모르는 나에게 여러 가지를 알려 주셨다. 이 문장의 어느 부분이 이상한지, 이걸 어떻게 고치면 좋을지. 당시엔 멀쩡해보이는 문장을 왜 고치지? 싶을 때도 있었다. 그 문장이 그렇게 이상한가? 그렇고 말고요. 몇 년 후에 본 그때의 내 문장은 정말 이상했다. 기본은 없는데 재주만 부려서 결과적으로는 혼자 도취된 문장만 만들고 있었다. 이상한 문장을 만드는 본인은 자기가 이상한 줄 모른다는 것을, 나는 그 교정 선생님과 일하면서 배웠다. 교정사 봉소형 선생께 매달 문장 교육을 받은 건 내가 2010년에 받았던 가장 큰 보상 중 하나였다.

사진가, 디자이너, 교정사, 이 셋의 중요성을 가장 절실히 깨달았을 때는 내가 이들과 함께 일할 수 없을 때였다. 잡지사를 그만두고 다른 직업을 가졌다가 또 그만두고 잠시 프리랜서를 했던 때가 있다. 그때는 내가 틀린 문장을 써도 봐줄 사람이 없었다. 내가 '이 원고에는 이 사진이 좋겠다' 싶어도 그 이미지를 같이 만들어나갈 사진가가 없었다. '이런 기획에는 이런 식으로 사진을 키우고 글을 줄이고' 같은 계획을 짜봐도 그 페이지를 함께 만들 디자이너도 없었다. 그건 굉장히 겁나는 일이었다. 약한 잇몸 안에서 흔들리는 이가 된 것 같았다. 그때 깨달았다. 내가 세련된 프로페셔널 덕분에 편하게 일하고 있었구나. 그분들의 감각과 경험에 기대고 있었구나.

다행히 행운이 겹쳐 <에스콰이어>에서 일하고 있다. 좋은 동료들은 물론, 최고의 사진가와 디자이너와 교정사와도 함께 일한다. 내가 만드는 건 말하자면 가시가 그대로 박혀 있는 생선구이다. 검게 탄 부분 같은 게 있을 지도 모른다. 사진가와 디자이너, 교정사를 거쳐야 가시가 잘 발려 멋진 접시에 훌륭하게 나가는 제대로 된 뭔가가 된다. 내가 못했다면 그것도 어쩔 수 없지만.

　잡지 초반에는 마스트헤드masthead라는 페이지가 있다. 거기에는 그 잡지를 만든 사람들의 이름이 영화 크레딧처럼 쓰여 있다. 당신이 잡지를 좋아한다면 한번쯤 그 페이지도 봐주신다면 감사하겠다. 당연하게도 많은 사람들은 그 페이지를 보지 않고, 여전히 내가 아주 가끔 "무슨무슨 페이지 잘 봤어요"라는 칭찬을 듣는다. 나는 내 주제를 안다. 내게 좋게 해주시는 말씀은 대부분 과찬이다. 자연스럽게 그 말에 늘 "아유 아니에요"라고 답한다. 아니라는 말 뒤에는 이렇게 긴 뒷말이 있다. 평소에 생각했던 그 뒷말들을 오늘 남겨 본다.

봉소형
교정사

하다보면 각 기자의 말투와 문장의 습관 같은 것도 다 알게 돼요. 누가
손봐줬는지까지도 알 수 있어요. 한 잡지에서 오래 일하다보면, 그게 보
여요.. '이거 네가 쓴 거 아니지?' 하는 생각도 하고.

자기소개 전에 교정사라는 직업에 대한 소개를 부탁드리고 싶습니다. 보통 사람에게는 생소한 직업일 수도 있으니까요.

교정사와 교열가가 조금 달라요. 교정사는 문장 자체의 오탈자나 맞춤법 등을 검수하는 사람입니다. 교열가는 교정사의 일을 넘어 문맥과 기타 등등의 오차까지도 검토하는 사람이에요. 어떻게 보면 특정 영역에 있어서는 편집장 바로 밑에 있다고 생각할 수도 있는 포지션이에요. 서양의 잡지에서 검수 영역에 있어선 편집장의 위에 있다고 할 정도로 위상이 높아요. 한국에서는 그 정도까지는 아니지만요. 오히려 욕을 가장 많이 먹는 직업일 수도 있겠네요.

누구에게 욕을 먹나요?

기자와 편집장에게? 이 업계 사람들이 가장 싫어하는 존재일 수도 있겠다 싶어요.

왜 그렇게 생각하세요?

어떤 기자들은 자신의 문장을 남이 고치는 일 자체를 자존심 상하는 일이라고 생각해요. 우리끼리는 "잘해도 욕을 먹고 못해도 욕을 먹고"라는 농담도 해요.

안타깝네요. 아무튼 교정교열가라고 부르는 게 정확하겠어요. 교정교열 경력은 어떻게 시작하셨어요?

1996년부터였어요. 대학을 졸업하자마자 교수님 추천으로 모 신문사 잡지부에 아르바이트 개념으로 들어갔어요. 출판사에도 다녔는데, 처음 교정교열을 시작한 이유는 유학을 가고 싶어서였어요. 돈을 모으기 위해 교정교열 아르바이트를 한 거예요. 국문과와는 전혀 다른 요리 전공으로 유학을 가려 했어요. 요리에 관심이 많았는데 마침 사촌언니가 이탈리아에 가 있었어요. 같이 가려 했는데, 여러 사정이 생겨서 눌러 앉게 됐어요. 그리고 교정교열 일이 적성에 잘 맞기도 했고. 재미있어서 계속 하다보니 이렇게 오래 하게 됐네요.

어떤 면이 적성에 맞으셨어요?

남의 문장을 고쳐준다는 것, 모든 정보를 내가 가장 먼저 본다는 것, 그리고 아주 많이 알 수 있다는 것. 즉 상식이 넓어진다는 것? 넓되 깊지는 않지만요(웃음).

어떻게 하면 교정교열사가 될 수 있나요?

제가 이 일을 처음 시작할 때의 교정교열직은 신문사의 교정기자뿐이었어요. 보통은 잡지사나 신문사, 출판사의 아르바이트였어요. 잡지시장과 출판시장이 커지다보니 이런 일을 하는 사람들이 늘어나서 교열사라는 이름도 붙었어요. 당시 한겨레신문에서 교정교열전문가 교육과정을 운영했어요. 교정교열 일을 함께 하면서 그 과정 1기를 수료했어요. 맞춤법뿐 아니라 일본식 문형의 남발을 고치는 법 등을 배웠어요. 거의 독학하다시피 했어요. 책이 있어서 책으로 보고요. 일을 하다보니 교열가 모임도 생겼어요. 잡지 교열 모임도 생기고 출판 교열 모임도 생겨서 서로 정보를 나누기도 하고요. 해외 잡지는 워낙 외래어와 번역체가 많으니까요.

<보그> 교정교열을 오래 하셨죠. 어떤 계기로 들어가셨어요?

아르바이트 자리를 찾다가 면접을 봤어요. 그때는 두산매거진 상무 면접까지 봐서 조금 당황했어요.

<보그> 교정을 하시기 전에도 화려한 잡지가 다루는 세계에 관심이 있었어요?

전혀요. 허영심 있는 사람들이 보는 잡지, 아니면 미용실에서 가볍게 보는 잡지라고 생각했죠. 내가 이 일을 하리라고는

전혀 생각하지 않았어요.

그러기엔 꽤 오래 하지 않았어요?

그 출발점이 된 동기는 오기였어요. 처음 들어갔는데 '세상에 이런 신기한 사람들이 다 있나' 싶었거든요. 내가 지금까지 알던 사람들과 너무 달랐어요. 2000년대에 처음 들어갔을 때는 사무실 안에서 담배를 피울 수 있는 분위기였어요. 선배들이 첩첩산중으로 앉아서 담배를 피우고 있었죠.

에디터 선배들이요?

네 에디터 선배들이요. 아주 기 센 언니들. 훗날 주요 잡지의 편집장을 했던 센 언니들이 모여서 담배를 피우고 있었어요. 그때는 명품 바람이 불어서 사람들이 온갖 명품을 샀어요. 한국 브랜드를 무시하던 분위기도 좀 있었어요. 한국 브랜드 옷을 입거나 가방을 들고 다니면 "아직도 이런 브랜드가 나와?" 같은 말을 하던 사람들도 있었고요.

정말요?

조금 모욕감이 들 정도였어요. 그 사람들의 상식은 내가 생각했던 것과는 달랐어요. 나는 옷에는 아무 관심도 없고, 옷은 그냥 단정하고 깨끗하게 입으면 된다고 생각했거든요. 제가 처음 <보그> 교정교열을 할 때는 라이선스 잡지 경험이 처음이었어요. 인수인계도 받지 않았고요. 그래서 고생을 좀 했죠. 자존심도 많이 상했고요. 그래서 '네가 이기나 내가 이기나 한 번 해보자'라는 마음으로 버틴 거예요. 처음에는 한의원에 갔더니 화병이라고 할 정도로 스트레스도 받았어요. 아무튼 그런 오기로 시작했어요. 물론 한편 재미있기도 했고요. 굵고 짧게 일하는 게 제 생활과 컨디션에 맞았던 거죠.

한 달에 일주일 정도 나와서 과로하는 주기가요?

그렇죠. 짧고 굵은 거. 9시 출근, 5시 퇴근의 직장인 생활이 제게는 맞지 않았어요. 원치 않는 회식을 비롯한 회사의 문화를 좋아한 적이 없어요. 내 일만 하고, 그냥 그 일의 수당이 통장에 입금되면 스트레스도 사라지고, 그리고 또 다음 달에 나가면 되는 리듬에도 장점이 있어요. 그렇게 버티다 보니 익숙해졌어요. 익숙해지는 데 4~5년쯤 걸리긴 했지만.

패션이 안 맞았다면… 패션 잡지에 나오는 기사가 별로 재미없지는 않

았나요?

패션 기사도 재미있어요. 그리고 피처 기사와 뷰티 기사도 있으니까요. 아까 말한 것처럼 다양한 정보를 빨리 흡수할 수 있으니 지적 호기심을 채울 수 있다는 점이 가장 만족스러웠어요. 그 사실 덕에 오래 일할 수 있었어요.

교정교열사가 한 권의 책에 미치는 영향은 어느 정도일까요? 똑같은 책이라도 교정교열사가 바뀌면 그 책의 느낌도 조금 바뀔까요?

조금은 영향이 있을 거라고 봐요. 교열사가 문장을 어떻게 바꾸는지에 따라 말의 맛이 변할 수 있어요. 그 잡지 고유의 성격도 있고요. 저 같은 경우는 잡지에서 통용되는 말 맛이나 문장의 투가 있다고 봐요. 그걸 무시하고 너무 문법과 외래어 표기법에 입각해 문장을 고치다 보면 사람들이 읽으면서 "이게 뭐야? 이 사람이 누구지?" 같은 생각을 할 수도 있어요.

'레오나르도 디카프리오'와 '리어나도 디캐프리오' 같은 거군요.

그런 거요. 저는 굳이 그렇게 까지 해야 하나 싶은 입장이에요. 나는 웬만큼 사람들이 아는 단어로 쓰고 싶고, 기자와 편집자와 합의해서 그런 단어를 놔두는 편이에요. 예를 들어

'콘셉트'라고 쓰는 것도 보통 사람들끼리는 '컨셉'이라고 쓰는데, 나도 그냥 '컨셉'으로 나갔어요. '콘셉트'는 어색하니까. 그런 경우가 많아요. '수트'와 '슈트', '퀄러티'와 '퀄리티', 저는 그냥 '퀄리티'를 썼어요. 그런 게 너무 많아서 저는 다른 잡지의 교열 일을 할 수 없었어요. 혼란스러워서.

매체마다 미묘하게 다른 교정교열 톤을 맞추려면 시간이 걸리죠.

시간이 걸려요. 내가 늘 쓰는 걸 놓아야 하니까. 내가 하던 대로 하면 선배들에게 혼나고.

잡지의 교정교열사 여러분은 외국어가 한국에 처음 들어와서 한국어 표기가 될 때의 '1차 발음 규정단' 같은 거라고 볼 수도 있겠네요.

교열가마다 또 다 달라요. 일을 하다보면 저처럼 대중에 맞춰 쓰는 사람들이 있고, 반면 외국어 표기법에 입각해 깐깐하게 맞추는 사람들도 있어요. 그런 것 때문에 교정교열사와 편집부가 부딪힐 때가 있어요. 그게 서로 맞아야 하고요. 시간도 중요한 변수예요. 저는 잡지는 속도전이기 때문에 설혹 조금 덜 꼼꼼하게 봐도 마감을 맞춰주는 게 우선이라고, 그게 더 중요하다고 생각했어요. 반면 빠른 처리가 아니라 자기만족이 중요한 사람도 있어요. 그런 사람은 아주 꼼꼼하다는 장점이 있지만 같이 일하는 사람들에게는 부담스러울 수도 있죠.

단행본 교정은 어때요? 잡지 교정교열과 단행본 교정교열도 다른가요?

개인적으로는 단행본이 체질에 맞지는 않아요. 단행본은 3교나 4교까지도 보는데, 짧고 굵게 일하는 제 성격은 한달 내내 계속 보는 단행본 작업이 쉽지 않았어요. 아는 사람이 부탁하거나 보수 단위가 크다면 하겠지만 제 체질은 아니에요. 그리고 잡지와 단행본 교정교열은 100퍼센트 달라요.

100퍼센트정도로 달라요? 어느 면이 그렇게 다른가요?

저는 100퍼센트 다르다고 생각해요. 잡지는 한 달에 한 권씩 나오니까 허용되는 것들이 조금 더 많다고 봐요. 반면 단행본은 더 오래 남잖아요. 그래서 단행본은 외래어든 맞춤법이든 규정에 딱 맞춰야 하는 면이 있어요. 더 엄격할 필요가 있죠.

그러면 잡지에서 '레오나르도 디카프리오'였던 게 단행본에서는 '리어나도 디캐프리오'일 수도 있어요?

저자도 변수예요. 저자가 원하지 않으면 진행할 수 없어요. 저자가 원하는 대로 가는 편이에요.

신기한 변수가 많네요. 교정교열사라는 직업의 단점은 무엇인가요?

직업의 단점이라기보단, 프리랜서로 일할 때 피할 수 없는 급여의 문제가 있죠. 약속한 시기에 돈이 나오지 않으면, 내가 일을 하고도 내가 전화해서 구걸하는 것처럼 "돈을 언제 주실 거예요?"라고 물어야 해요. 그때 받는 스트레스가 가장 커요. 그리고 나의 소속 단체가 없기 때문에 뭔가 일이 터졌을 때 누군가 나를 지켜주지 않는 것도 단점이에요. 내가 스스로 감당해야지, 누가 나를 지켜주지 않아요. 그래서 강인한 정신력이 필요하고요. 그리고 아까도 이야기했지만 잘해도 욕을 먹고 못해도 욕을 먹는 직업이니 근본적인 스트레스가 있죠.

못해서 욕을 먹는 건 그렇다 치고라도, 잘하면 왜 욕을 먹는 거예요?

기자들과의 관계에서 문제가 생길 가능성이 있어요. 기자가 원하는 문장이 있는데 그거 내 눈에 너무 어색하다면? 그 기자는 그 문장이 좋다고 박박 우기는데 내가 그걸 고쳐버리면? 감정싸움이 될 수도 있죠. "나는 이렇게 쓰고 싶지 않았는데 왜 이렇게 바꾸셨어요?"라는 항의가 들어오면 저도 힘들죠. 내 눈에는 정말 이상한데.

그런 항의를 많이 받은 편이었어요?

저는 웬만하면 맞춰주는 편이었기 때문에 항의를 그렇게 많이 받지는 않았어요. 그리고 제가 실수할 때도 있어요. 오탈자가 내 눈에 보일 때. 그때는 정말 힘들어요.

교정의 문제는 기계적인 규칙이 있어서 그걸 지키면 된다 쳐도, 아까 이야기한 교열의 영역은 어쩌죠? 문장이 어색하다든지 하는 문제는 어떻게 보고 어떻게 고치나요?

그건 경험의 문제이고 자의적인 부분도 있고 잡지의 장르에 따라 상황이 달라지기도 해요. 비슷한 장르의 잡지에서 쓰는 말은 비슷한 면이 있어요. 그런데 라이선스지와 로컬지, 일명 주부지는 또 달라요. 일을 해보니 라이선스 잡지의 교열사는 라이선스지에서 일을 해야겠더라고요. 라이선스지에서 쓰는 말을 주부지에서 쓰면 거부당해요. 예를 들어 주부지는 '머스트 해브 아이템' 같은 말을 싫어해요. 거기는 생활잡지이다 보니 편집부에서 쓰는 문장 스타일도 달라요.

어떻게 다른가요?

문장이 조금 더 건조한 편이에요. 라이선스지에서 쓰는 외래어가 많은 문장은 허세스러워 보여서 싫어하고요. 기사의 종류 역시 취재기사가 많은 편이라, 다른 건 확실히 달라요.

그런데 잡지의 글은 시간이 지남에 따라 말투나 문장의 톤이 바뀌기도 하잖아요. 그렇게 된다면 시간이 지나며 교정이나 교열의 톤이 바뀔 수도 있나요? 언제는 많이 잡아주는 교열이 유행하다가 요즘은 덜 잡아주는 교열이 유행한다거나 하는 풍조도 있나요?

유행이라기보다는 각 에디터와 편집장의 스타일에 따라 달라져요. 편집장이 원고를 많이 고치는 스타일이라면 교열가도 그에 따라서 많이 고치고 잡아주고, 편집장이 기자의 원고를 그대로 살리는 편이라면 교열가도 교정 수준의 오탈자 검사와 간단한 문맥 확인 정도로 넘어가는 경우가 많아요. 오히려 얼마나 빨리 해야 하는지에 따라 달라질 수 있죠. 시대에 따라 톤이 변한다기보다는.

단순히 교정교열 기술의 문제일 뿐 아니라 개념이나 발음에 대한 사람들의 합의이기도 하군요.

그런 거예요. 결국에는.

필연적으로 미묘한 일이라는 결론이 나오네요.

저는 교정교열 일은 경험이 가장 중요하다고 봐요. 교열을 하면서 대지를 보다보면 고쳐야 할 것들이 눈에 바로 들어와요. 한 잡지를 오래 하다보면 띄어쓰기랄지, 내가 속한 잡지의 양식이랄지, 말의 어순이랄지 이런 게 눈에 탁탁 들어와요. 띄어쓰기상 한 칸 떨어져야 하는데 두 칸 떨어져 있는 것까지 다 보여요.

고쳐야 할 것들이 눈앞에 떠오르는 기분인가요?

탁탁탁탁 뜨는 거죠. 하다 보면 각 기자의 말투와 문장의 습관 같은 것도 다 알게 돼요. 사람마다 자주 쓰는 단어가 있어요. 그런 걸 보다 보면 누구의 글인지 알죠. 누가 손봐줬는지까지도 알 수 있어요. 예를 들어 A기자가 쓴 어떤 글을 B선배가 고쳐 줬거나 아니면 옆의 동기 C가 도와줄 수 있어요. 그러면 저는 그걸 알 수 있었어요. 한 잡지에서 오래 일하다 보면, 그게 보여요. '이거 네가 쓴 거 아니지?'라는 생각도 혼자 하고.

오… 신기하네요.

다른 잡지 교정을 보다 보면 이런 경우도 있어요. 예전에는 다른 잡지의 기자가 예전에 우리 잡지의 기사를 짜깁기한 적이 있어요. 그런 것도 떠오르는 거예요. '어, 이거 예전에 어디서 나왔던 기사 같은데?' 싶어서 찾아보면 역시 표절이라서 분쟁이 생겼던 적도 있어요. 그러다 보면 기사가 날아가기도 하고 사과문을 발표하기도 했고요.

그렇게 일 때문에 엄격하게 원고를 보면서도 '이건 좋은 글이구나, 좋은 문장이구나'라는 생각이 들 때도 있나요?

그럼요!

교정교열가가 보는 좋은 글은 어떤 글인가요?

군더더기 없는 글이요. 어떤 글은 미사여구가 많아요. 언뜻 보면 '멋지다' 싶지만 결국 나중에는 '뭐랬더라?' 싶어요. 그런 글은 아무것도 남지 않아요. 반면 '너무 건조한가?' 싶을 정도로 밋밋하지만 나중에는 딱 한 줄이라도 머리에 계속 남는 글이 있어요. 개인적인 취향일수도 있지만 저는 미사여구가 많지 않은, 짧고 임팩트 있는 글이 좋아요.

여기서 이야기하는 미사여구는 구체적으로 무엇인가요?

형용사. 부사. 멋지게 쓰려고 하는 표현들. 그리고 너무 많은 '의'자. 'OO의 OO' 같은 것들요. 형용사와 부사가 많이 들어간 글을 좋아하지 않아요. 형용사를 너무 많이 쓰다 보면 본질이 흐려지고 형용사만 남을 때가 있어요. 그런 글은 언뜻 보면 잘 쓴 미문 같죠. 나중에 보면 아니예요.

형용사만 떠다니는 느낌 같은 걸까요. 교열 보기 편한 문장도 따로 있나요?

역시 형용사와 부사가 별로 없는 글이요. 글만 놓고 보면, 황교익 씨의 글처럼 군더더기 없이 딱 떨어지는 글. 그런 글이 가장 보기 편해요.

말은 쉽지만, 군더더기가 없으면서도 글이 재미있으려면 어떻게 해야 할까요?

내가 쓰고 싶은 글이 뭔지 알아야 해요. 이 일을 한 지 얼마 안 된 사람들은 가끔 무엇을 쓰고 싶은지 모르고 쓰는 경우도 있어요. 보도자료를 보고 기사를 쓰는 신입 기자들은 그 보도자료의 핵심 메시지를 못 짚는 경우도 많고요. 여러 자료에서 팩트를 가져다 쓰는 것도 능력인데 그걸 못하는 경우도 많죠. 처음부터 내가 어떻게 쓰려고 하는지를 짜는 게 중요해요. 그런 면에서 첫 문장이 중요하고요. 예전에 허지웅 씨가 어느 방송에 나와 첫 문장을 못 써서 몇 시간을 보냈다는 이야기를 한 적도 있었잖아요. 첫 문장을 잘 골라야 해요. 여기서도 편집장의 스타일이 중요하고요. 어떤 여성 라이선스지는 글의 말미를 '○○하길', '○○ 했으면'으로 끝내곤 해요. 남성지는 그런 표현을 잘 안 쓰고요. 남성지는 또 달라요. 여성지에 비하면.

여성지 글이 남성지 글에 비해 좀 더 화려한 느낌이 드는 것 같긴 해요.

외래어를 많이 쓰던 때도 있었어요. 예전에는 더 했고요.

외래어는 어디까지 쓰고 어디까지 쓰지 말아야 할까요? 그것도 원고를 만드는 입장에서는 무척 미묘한 문제예요. 무작정 다 한국어로 풀어 쓰는 것도 답이 아닐 텐데요.

한동안 <보그>에서 한글을 많이 쓰자는 분위기에서 거의 모든 외래어를 한국어화하다시피 한 적이 있어요. 봐주기 힘들 정도로 어색했어요. '레드'와 '블랙'을 '빨강'과 '검정'으로 바꾸는 식으로요. 그런 식으로 생각할 문제가 아니라고 봐요.

패션잡지에서는 패션잡지에서만 통용되는 자기들만의 언어가 있어요. 그걸 무리하게 바꾸려 하면 읽는 사람과 쓰는 사람이 모두 어색해요. 외래어를 덜 쓰려 노력한 흔적만 보일 뿐, 문장 자체가 너무 이상해져요.

결과적으로 매끈하게 읽히는 문장이 중요할 텐데요.

무리하게 바꾸면 매끈해지지 않아요. 적당히 써야죠. 가장 안 좋은 건 모든 표현을 외래어로 하는 거예요. "엘레강스하고~" 같은 말들. 그렇게 쓰는 경우도 예전엔 정말 많았어요. 한 문장 안에 외래어가 4개 이상 들어갈 때도 있었어요. '센서티브하고' 같은 말이요. 예전에 정말 많이 쓰던 표현들이 있었는데….

'엣지'?

(웃음)'엣지'도 처음엔 죽을 맛이었어요. 글 하나에 '엣지'가 몇 개가 들어갔는지 몰라요. 또 있었는데….

스타일리시?

아, '스타일리시' 있었어요. '엣지 있고'와 '스타일리시하고'

가 한 문장에 같이 들어가는 경우도 많았어요. 또 하나 있어요. '시크.'

'시크.' 정말 많이 썼죠.

이 세 단어가 정말 사람을 잡았죠. 이 세 단어를 빼면 기사를 못 쓰던 때가 있었어요. '로맨틱하고'와 '이그조틱'하고도 한참 유행했어요. '엑조틱'도 아니예요. '이그조틱.'

그때에 비하면 여러 가지 표현이 많이 한국어화된 편이네요. 저는 그런 표현들은 새로운 개념이 한국에 실시간으로 들어오던 시기의 과도기적 산물이라고도 생각해요.

외래어를 넣지 않으면 말 맛이 살지 않는다고 생각했기 때문에 많이 썼던 거겠죠. 저도 패션잡지와 패션 에디터가 왜 외래어를 많이 쓰는지 생각해본 적이 있어요. 패션지 기자 중에는 유학을 다녀온 사람들이 많아요. 그렇다보니 자신들의 집단에서는 가장 편한, 가장 보편적인 외래어 단어를 썼을 거예요. 외국 패션계 사람들이 쓰는 단어를 옮겨 쓰다보니 외래어 표현이 유난히 더 많아진 것 아닐까 싶어요.

영어로 된 패션 기사를 보면 프랑스어 표현이 많아요. 다른 문화권의 단어에는 확실히 모국어로 설명하기 어려운 정서가 있을 때가 있어요. 그래서 다른 나라 말로 뭔가를 표현하고 싶은 마음이 있는 건가 싶기도 해요.

한국어로도 조금 표현하기 부족한 말들이 있죠. 그들 말로 하면 '엣지'가 달라요. 그 말 맛이 다를 때는 그 외래어를 쓸 수밖에 없을 때도 있어요. 고상하고, 우아하고, 이국적이고, 이런 말로 표현하기 어려운 요소들이 분명히 있어요. '스타일리시하고'를 '세련되고'로 바꾸는 게 직절하지 않을 때가 있거든요. 한계점이 미묘하죠. 최대한 외래어를 쓰지 않고 싶어도 쓸 수밖에 없는 상황이 많기도 해요. 패션 에디터가 말하는 세련과 '엣지'는 어떻게 보면 같은 말이지만 당사자가 말하고 싶어 하는 건 그게 아닐 수도 있거든요. 그 한계를 어디까지 설정할지가 중요하죠. '보그체'라는 말을 듣고 놔둔 적도 있고요.

요즘 <보그>를 비롯한 여성지들은 그런 경향에서도 많이 벗어난 걸로 알고 있어요.

많이 노력하고 있으니까요. 편집장들도 바뀌었고, 새로운 편집장들도 다 노력하고 있고요.

잡지에서 편집장은 정말 중요한가봐요.

여전히, 매우 중요하죠. 극단적으로 하나의 잡지는 그 편집장의 것이라고 말하기도 하잖아요.

사실 모든 에디터가 그렇게 생각하죠.

모든 페이지의 검수를 편집장이 하니까, 편집장의 스타일에 따라 다 달라지죠. 글뿐 아니라 화보도 달라지고, 어떤 주제를 얼마나 배분하는지도 편집장의 뜻에 달렸죠. 편집장이 아이돌을 좋아하는지 중년을 좋아하는지에 따라 화보에 누가 나오느냐가 달라지죠. 그런 차이는 지금도 다르지 않아요.

싫어하는 글도 있어요?

'아사무사'한 글을 가장 싫어해요.

아, '아사무사'도 이 업계에서 정말 많이 쓰는 표현이죠. 어느 나라 말인지도 모르겠지만. '아사무사'의 정의는 뭘까요?

멋진 미사여구가 너무 많아서 아름답게 느껴지는데 결국 아무것도 남지 않는 글. 내게는 그게 아사무사한 글이에요.

그런 글은, 말하자면 심상을 표현한 에세이 같은 글이라고 볼 수도 있을 텐데요.

그렇죠. 그런 글도 싫어해요.

기사라고 하기엔 조금 부족할 수도 있으니까요?

그건 기사가 아니고 그냥 개인적인 에세이예요. 그런 글을 기사 지면에 쓰는 사람들도 은근히 있지만 허세스러운 글, 제가 가장 싫어하는 글이 허세스러운 글이었어요. 블로그에 쓰듯 자기를 자랑하는 글을 쓰는 사람들도 가끔 있었죠, 피처 기자 중에는요. 2000년대 초반에는 이런 유행도 있었어요. '에디터는 ○○했다'라고. '에디터는'을 '필자는'처럼 문장 안에 쓰는 경우가 많았어요.

그러던 풍조가 있었죠. 지금은 많이 지나간 것 같지만요. 옛날 이야기네요.

한참 그런 글이 멋있다고 생각해서 다들 그렇게 쓰던 적이 있었죠. 요즘 패션잡지는 팩트를 더 중요하다고 생각하는 것 같아요. 글에도 유행이 있나 봐요.

요즘은 팩트가 유행인 건가요? 팩트도 유행이다. 신기한 말이네요.

팩트에 기반해서 쓰는 게 기사인데, 한동안은 홍보에 가깝게 쓰는 글도 있었죠. 요즘 여러 가지로 많이 변했어요.

문장이 좋아서 기억하는 에디터도 있으세요?

김지수 부장님? 그 유명한 김지수 부장님이요.

지금 <조선비즈>에 계시죠. 멋진 인터뷰 기사를 만드셔서 저도 챙겨봐요. 김지수 기자님의 글처럼, 잡지 에디터를 하고 싶어 하는 학생들이 참고하면 좋을 매체나 책, 글이 있을까요?

문장이라면 김훈? 황교익의 글도 괜찮고요.

김훈의 글 같은 경우는 대학생이 참고하기에는 너무 어렵지 않을까요? 단련된 문장이지만 참고할 수 있는 문장이라는 생각이 들지는 않아요. 스탠다드라기보다는 스타일이라는 느낌.

어렵죠. 자신이 패션 에디터가 될 건지 피처 에디터가 될 건지에 따라서 읽을 책이 조금 달라질 수도 있고요. 기본적인 문장을 완성할 수는 있어야 하니까 문장에 대한 책은 읽는 게 좋아요. 최소한의 맞춤법 같은 걸 틀리면 안 되니까. 그냥 기본적으로 책을 많이 보는 게 좋겠어요.

교정교열사라는 직업은 학생들에게 추천할 만한 직업인가요?

음, 그건 아닌 것 같아요.

왜요? 오랫동안 잘 해오셨잖아요.

저는 교정교열사가 포지션이 애매한 직업이라고 생각해요. 편집장도 아니고, 기자도 아니고. 글을 가장 많이 다루지만 그만한 대우는 받지 않고. 이제는 교열기자라는 자리도 얼마 없어요. 일간지도 아르바이트처럼 교열 용역을 많이 써요.

일간지마저도 교정기자를 줄이는 추세군요.

이제 교정기자 몇 사람 없어요. 교열기자협회에 속한 기자가 많지 않거든요. 거듭 말하지만 애매한 자리예요. 워낙 오래 앉아서 일하는 직업이다 보니 직업병도 많아요. 녹내장도 오고. 나도 지금 녹내장이 오려 해요. 이런 말은 좀 그렇지만 항문 질환도 많고. 스트레스 때문에 이른 나이에 뇌경색이나 뇌출혈로 쓰러지는 선배도 은근히 많아요.

그렇겠어요. 짧은 시간에 과로하는 일이니까요.

자신이 글을 너무 좋아하면 모르겠네요. 저도 글을 쓰고 싶었지만 이 일을 하면서 '나는 글을 쓸 만한 그릇이 못 되는구나' 싶어 내려놨어요. 세상에는 글을 잘 쓰는 사람이 너무 많기 때문에. 그래서 겸허해져요. 동시에 '어, 이거 실수했네?' 싶은 걸 찾아서 다른 사람의 글을 고치는 묘한 쾌감도 있죠.

교정교열가가 본 잡지 에디터는 어떤가요?

'이 친구는 조금만 다져주면 정말 잘 하겠다' 싶은 에디터들도 있어요. 그런 친구들은 문장이 톡톡 튀고 싹수가 보여요. 반면 기본이 없이 시작하는 친구들도, 열정만 가진 채 잡지 에디터가 멋져보여서 시작하는 친구들도 너무 많아요. 오래 있다 보니 어시스턴트를 할 때부터 눈에 보이더라고요. 새로 들어온 친구가 오래 할지, 아니면 그냥 하다가 그만둘지. 예전에는 정말 다 맞췄어요. 저 분은 6개월, 저 분은 3개월.

그걸 어떻게 알아요?

어시스턴트가 전화하는 말투만 들어도 저 친구가 에디터가 되면 어떻게 반응할지 알 수 있어요. 어시스턴트도 6개월쯤

하면 반쯤 에디터가 되어서 사람을 가리거든요. 처음에는 모르니까 나 같은 프리랜서에게도 조심하지만 나중에는 위치를 알게 되죠. 프리랜서이고, 상근하지 않고, 이런 걸 알다보면 사람을 만만하게 보는 사람이 있죠. 그런 싹수가 있는 친구들은 바로 보여요. 그런 사람들이 진짜 에디터가 되면 장난 아니예요. 3년차에 이미 부장처럼 구는 사람도 있죠. 이상하게 못된 것부터 배우거나, 법인카드로 딴 짓을 하거나.

어느 분야든 새로 일 시작하는 분들이 꼭 봤으면 싶은 말이네요. 이 일을 하며 보람을 느낄 때도 있으세요?

기사는 큰 사고로 이어질 법한 문제가 발생할 수도 있어요. 잘못 쓰면 소송으로까지 번지니까요. 그런 요소를 책이 나오기 전에 교열 단계에서 걸러내기도 해요. 아니면 중요한 사실을 놓쳤을 때라든가 잘못된 팩트가 들어갔을 때를 짚은 경우도요.

교열가는 단순히 그 글의 맞춤법만 보지 않아요. 내가 이상하다 싶을 때 찾아보는 경우도 있고, 대신 팩트를 찾아줄 때도 많아요. 그렇게 찾다가 내 생각이 맞았을 때, 큰 문제가 되기 전에 미리 잡아낼 때, 그럴 때가 꽤 많아요. 그때 보람을 느끼죠. 여기서도 경험이 중요해요. 오래 하다보면 시간적 여유가 생기니까 팩트 체크를 할 틈이 생기죠. 그런 게 일반 교정자와 경험 많은 교정자의 차이가 아닐까 해요.

젊은 날에 잡지 교정교열을 했던 게 좋은 추억이었나요?

좋은 추억이었죠. 패션, 뷰티, 피처와 생활취재기사를 남들보다 빨리 접했어요. 여러 분야에 대해 다양하게 알 수 있었지요. 덕분에 어디 가서도 무식하다는 소리는 듣지 않고 살았고, 누구를 만나도 조금씩은 대화에 낄 수 있었어요. 일반인이니까 잘 듣지 못하는 연예인 이야기를 살짝 듣는 재미도 있었고, 보수도 나쁘지 않은 편이었어요. 짧고 굵게 일할 수 있었고, 내 시간도 아주 많았어요. 한 달에 열흘쯤 일하고 마감이 끝나면 그 다음은 내 마음대로 할 수 있었으니까.

저도 늘 궁금했는데. 교정교열사 선생님들은 마감을 하는 열흘 말고 나머지 기간 동안엔 뭘 하세요?

보통 여행을 다녀요. 다른 잡지 마감을 하시는 분도 계세요. 잡지는 많으니까. 라이선스지 마감을 시작으로 그 다음에 주부지나 멤버십지(<노블레스>나 <스타일H> 같은 백화점 잡지처럼 특정한 회원들에게 배송되는 잡지. 보통 라이프스타일 잡지보다 더 값비싼 물건이 나온다. 피처 페이지 역시 미술이나 고전음악처럼 한층 고즈넉한 주제를 택하는 경우가 많다) 마감을 하죠. 많게는 잡지 3~4개 마감을 진행하는 교정교열사도 있어요. 그런 분들은 수입도 좋죠.

하지만 그러다 보면 부작용도 생겨요. 교정의 질이 떨어지죠. 교정교열사도 사람인지라 힘들기도 하고, 일정이 겹치다 보면 대타를 쓰기도 하는데 그러다보면 당연히 편집장이 싫어하겠죠. 내 잡지에 최선을 다해주는 게 좋으니까. 나도 여러 개를 하거나 겹치는 일을 하지는 않았어요. 한 곳에 충실하고 싶었어요.

지금은 잠시 쉬고 계신다고 하셨죠. 앞으로 잡지 교정교열사 기회가 생긴다면 하실 건가요?

아마도 하겠죠. 이 일에 묘한 쾌감이 있어요. 마감 때 너무 힘든데, 끝나고 나면 '아 이번 달 끝났네!' 싶어서 기쁘죠. 그 다음 책이 나오고 나면 기쁨과 좌절이 동시에 들고요. 책이 나왔으니 기쁘지만, '어, 이거 놓쳤네? 내가 제정신이 아니었나 봐' 싶어서 땅을 치고 후회해요. '이 때 내가 더 열심히 볼 걸'

하는 반성도 하고요. 어느 순간엔 남 탓을 할 때도 있어요. '내가 분명 고친 것 같은데 누군가 수정을 안 했나?' 서로 책임을 떠넘길 때는 화가 날 때도 있고요.

그말인즉슨 다 만들어진 잡지를 매번 봤다는 건가요?

한 번씩 보죠. 무서워서 웬만하면 안 보고 싶지만(웃음). 한 번은 어느 영어권 배우의 표지 철자를 틀리게 써서 문제가 생긴 적도 있어요. 다행히 내가 한 게 아니라 편집장이 마지막에 집어넣었던 거라 내 책임은 아니었지만, 만약 내 실수였다면 표지에서 난 실수니까 엄청난 일일 뻔 했죠. 그 이후로 모든 에디터들이 표지를 다 돌려서 보고 사인을 하는 절차가 생겼어요. '잘하면 본전이고 못하면 욕 먹는다'는 게 그럴 때인 듯해요.

정말 교정교열사만의 고충이랄까, 스트레스가 있네요.

저는 프리랜서니까 마감 때만 에디터들을 봐요. 그때 그 사람들은 너무 예민한 상태예요. '건드리기만 해봐. 물어버릴 거야' 같은 상태일 때의 사람들만 만나는 거예요. 나도 나대로 긴장하고, 서로 날이 서 있으니 서로 피곤하죠. 하지만 마감이 끝나고 나면 세상 둘도 없이 선해지고 되게 친해지고, 그러다 마감 때가 되면 다시 날선 사람들이 되고요. 그런 인간관계가 힘들 때가 있어요. 어느 일이든 가장 힘든 건 인간관계 아닐까요?

교정교열가만의 만족도 있으면 좋을 텐데요.

아까 이야기한 것처럼, 큰 소송으로 갈 일을 먼저 막을 때라거나, 기자가 놓친 부분을 채워줄 때라거나, 그런 걸 이야기해줄 때 만족해요.

교정교열가의 말을 잘 듣는 에디터와 안 듣는 에디터가 따로 있나요?

있죠. 자기 글에 자부심이 있다거나, 아니면 기본적으로 남의 말을 듣고 싶어하지 않는 에디터들이 있어요. 그런 사람이 많지는 않아요. 그런 사람이라면 내가 존중해주는 편이고요. 교열가를 무시하는 사람, 아니면 자기 글을 완벽하다고 생각하는 사람은 그냥 넘어가기도 하고, 아니면 내가 바쁘기도 하니까 넘어가요. 그냥 그건 자기의 글이고 내 글은 아니니까.

굳이 수고를 들여서 바꿔보자고 제안하는 거라고 생각하면 좋을 텐데요. 반대로 수정하는 에디터도 많나요? 교열사의 제안을 받아들이는

것과 글을 잘 쓰는 것 사이에 상관관계도 있나요?

대부분 수정해요. 그리고 교열가의 제안을 받아들이는 에디터들은 오히려 글을 잘 쓰는 사람들이 많아요. 겸허하게 남의 의견을 받아들이고, 뭐가 부족했는지 의견을 들어요. '이게 부족한가? 이래도 부족한가?' 같은 태도로 몇 번이고 다시 물어봐요. '이 말이 맞네요'나 '(제안을 받아들여)이렇게 쓰면 더 좋겠네요' 같은 자세로요. 솜씨가 부족하고 자기 고집이 센 경우에 교열가의 제안을 잘 받아들이지 않는 경우가 많고요. 초보인지 아닌지도 상관없어요. 오히려 어느 정도의 자신감이 붙는 연차에 고집을 부리죠. 하지만 그렇게 해서 잘 쓴 글은 많이 못 봤어요.

잘 쓰는 사람일수록 남의 말을 잘 듣는 건가요?

오히려요.

인터뷰란

첫 인터뷰를 하러 갔을 때 나는 계속 졸고 있었다. 해발 2000 미터에 가까운 중국 리장이었다. 온몸에 몰려오는 고산지대의 잠기운을 막을 수가 없었다. 졸다 깨다 하며 쿤밍에서 리장까지 승합차로 올라가는 길 위에서 그를 보았다. 낡고 통 넓은 검은색 바지를 입은 늘씬한 백인 남자였다. 아무렇게나 길러서 머리를 묶은 채 맨발로 서 있었다. 타고 가던 버스가 고장나서 길에 선 것 같았다. 며칠 후 당나귀를 타고 가는 협곡에서 그 남자를 또 보았다. 그는 협곡에서도 양말만 신고 있었다. 내 첫 인터뷰였다.

이 인터뷰는 여행지에서 만난 보통 사람들을 즉석에서 섭외해 진행해야 했다. 인터뷰이는 아시아를 여행하고 있다는 프랑스인이었다. 왜 신발을 안 신고 다니냐고 물어본 건 기억나는데 대답은 잘 기억나지 않는다. 다만 그 질문을 했을 때 그는 어깨를 살짝 치켜올렸다. 참 유럽 사람 같은 제스처였다.

그때부터 온갖 사람들을 인터뷰라는 구실로 만나 잠시 이야기를 나눴다. 리장에서, 발리에서, 베트남 냐짱과 달랏에서, 뉴질랜드 크라이스트처치와 아카로아에서, 전남 담양에서, 미국 애너하임에서, 몰디브에서, 호주 호바트와 태즈메이니아의 국립공원에서.

저 지명들을 적다 보니 놀랄 정도로 선명하게 떠오르는 사람들이 있다.

"모든 종교의 메시지는 같아요. 더 좋은 사람이 되는 것"이라고 말하던 퇴직 독일 남자 간호사. 발리 스미냑에 있던 모든 남자들을 멈추게 한 쿠알라룸푸르 어느 여대의 비서학과에서 졸업여행을 온 학생들.

"나는 배를 너무 오래 타서 땅에 있으면 멀미가 나요"라고 말한 뉴질랜드의 돌고래 투어가이드. "국가에서 지원을 잘해 줘서 키우기 어렵지 않아요. 방학에는 엄마한테 애들을 맡겨 두고 유럽으로 놀러갈 거예요"라고 말한 태즈메이니아의 대학생 미혼모와 그의 문신.

"당신은 잡지를 만드는 것만 프로지요? 그렇게 하나씩만 잘하다가 공룡이 멸망했습니다"라고 말한 독일계 오스트레일리아인 연어 양식업장 주인.

이런 사람들을 만나며 내 세계관이라는 게 조금씩 넓어졌을지도 모르겠다. 피어싱의 넓이를 조금씩 넓혀가는 것처럼.

여행잡지 다음에는 시계잡지에서 일했다. 일하는 곳이 달라졌으니 인터뷰를 하는 사람도 달라졌다. 자연스럽게 시계 회사의 중역들을 인터뷰할 기회가 늘어났다. 그때 했던 인터뷰는 부끄럽다. 사실 그때는 시계에 대한 지식뿐 아니라 관심도 별로 없었다. 내가 일하는 분야라면 더 잘 알기 위해 노력해야 한다는 기본적인 직업윤리를 그때는 갖지 못했다. 그걸 그때 알았다면 그분들께 더 좋은 이야기를 들을 수 있었을 텐데.

잡지 에디터로 일하기 전 에디터가 된다면 인터뷰를 가장 하고 싶었다. 인터뷰 원고가 멋있다고 생각했다. 그때는 훌륭한 인터뷰 기사가 특히 많았다. 다들 어쩜 그렇게 멋있게 말할까? 굉장히 멋진 말로 이루어진 질문이 10줄쯤 나오면 그것보다 더 멋있는 말로 이루어진 대답이 20줄쯤 나왔다. 나는 그 멋진 말들에 압도됐다. 아니 세상에 어떻게 이렇게 멋있고 날카롭고 사색적인 질문을 할 수가 있지?

몇 년 후 연예인과 인터뷰라는 자리로 마주했을 때 나는 아무말도 할 수 없었다. 아니, 지면을 채웠으니 뭔가 말은 했을 텐데 10줄짜리 멋있는 질문은 아무리 해도 떠오르지 않았다. 내가 하려는 10줄짜리 내밀한 이야기를 해도 될런지, 아니면 언젠가 다른 잡지에서 봤던 도전적인 질문("마지막 섹스는 언제였어요?") 같은 건 도대체 어떻게 하는지도 알 수 없었다. 나와 연예인의 대화는 거의 비슷하게 이어졌다. 잠깐 이야기가 나오다 침묵. 또 뭔가 말하다 침묵. 실패한 소개팅처럼 대화 사이에 지금도 그렇게 생각한다.
중요한 건 내 질문의 멋이나 길이가 아니라
나와 마주 앉은 저 사람이 잘 보이는 거라고.

침묵이 자꾸 생겼다.

유명인 인터뷰는 보통 사람 인터뷰보다 더 어려웠다. 기본적으로 연예인과 인터뷰를 할 때 연예인과 둘만 앉아서 하는 경우는 많지 않다. 거의 모든 경우 연예인 근처에 매니저가 있다. 물론 인터뷰를 하다 말고 "지금 무슨 이야기를 하시는 겁니까?"처럼 매니저가 이야기를 끊지는 않는다(매니저도 예의 바른 분들이다).

《슬램덩크》에는 강백호가 슛을 연습하다 앞에 사람을 세우자 혼란스러워하는 모습이 나온다. 나는 매니저가 앉아 있는 인터뷰장에서 그 장면을 확실히 이해할 수 있었다. 게다가 경력과 인기가 쌓인 연예인은 프로 인터뷰이다. 인터뷰 같은 걸 온갖 매체의 온갖 기자와 몇천 번은 반복한 사람도 있다. 그 경험 사이로 어떻게든 들어가 진심 비슷한 걸 끌어내기는 쉽지 않았다. 지금도 어렵다. 노력은 하지만 아직 많이 멀었다.

그나마 경험이 생기다보니 나도 내 자신을 조금씩 깨닫게 됐다. 나는 '멋있는 10줄짜리 질문'이 안 되는 사람이었다. 그런 질문을 만들지도, 그런 질문을 만들어 상대에게 보내지도, 그런 질문을 보냈을 때 멋진 답을 듣지도 못했다. 해물탕의 미더덕처럼 입 안에서 갑자기 터지는 질문을 할 수 있는 사람도 아니었다. 유명인을 상대할 만한 에너지가 없어서인지, 아니면 내가 모를 다른 이유가 있어서인지는 모르겠다. 아무튼 나는 지금 내가 못하는 걸 받아들이기로 했다. 나는 원래 포기와 수긍이 빠르다.

다행히 주변에 좋은 교훈을 들려주는 사람들이 많다. 지금 나의 편집장인 신기주 선배는 인터뷰를 해본 배우만 천 명이 넘는다고 했다. 인터뷰만 모아서 책을 낸 적도 있다. 그런 선배가 어떤 날 내게 이런 이야기를 해주었다.

"나도 많이 배우는 선배가 있어. 그 선배 인터뷰 정말 잘해. 아는 것도 많고 준비도 많이 해. 그런데 인터뷰를 할 때는 하나도 모르는 척 해. 그래야 제대로 된 질문을 하면서 상대방의 코멘트를 받을 수 있어. 인터뷰는 다 알고 있는 채로 모르는 척 질문하는 게 최고야."

그러게 말이다. 직업 인터뷰가 아니어도 남에게 뭔가 들을 게 있는 상황이라면 언제나 쓸모 있는 말이다.

실제로 진행하다보니 인터뷰는 여간 손 많이 가는 일이 아니었다. 내게 인터뷰의 진짜 예술은 문답이 아니라 섭외다. 인터뷰가 나온 페이지가 100이라고 치면 인터뷰 문답원고 자체는 내 기준엔 약 20 정도다. 나머지는 섭외와 사진가나 스타일리스트 등 현장 진행 인력과의 합에 달려 있다.

인터뷰를 하고 녹취록을 만드는 일도 고역이다. 남에게 부탁하자니 부끄럽고 내가 하자니 고되고 느끼하다. 내 목소리를 내가 듣는 건 아직도 별로다. '나는 그, 그게 같은 말을 왜 그렇게 많이 하지? 말은 왜 이렇게 더듬지?' 같은 생각을 하다 보면 녹취록 만드는 시간도 길어져만 간다.

이런저런 교훈을 거쳐 멋있는 질문을 하겠다는 마음 자체를 내려놓게 됐다. 멋있는 질문을 잘하는 사람들은 따로 있고, 나는 그런 사람이 아니었다. 나는 내가 들어야 할 말을 들으면 된다.

그 마음을 먹고 나서 어느 스타를 인터뷰할 일이 생겼다. 신사적인 태도로 매사에 열심히 도와주신 분이었다. 인터뷰 답변도 평소에 일하듯 최선을 다했다. 인터뷰가 끝나고 밥을 먹는 자리에서 그는 "질문이 조금 평이한 것 같아요"라고 말했다. 일리 있었다. 일부러 덜 날카로운 질문을 준비하기도 했고. 대신 그 사람이 내가 성의 없는 질문을 짰다고 느낄 수도 있을 것 같았다. 그건 아니었기 때문에 나는 나도 모르게 이야기를 시작했다.

"질문이 평이하다고 대답이 평이하지는 않다고 생각해요.

제가 아까 들은 이야기도 그랬어요. 제 질문은 보통 질문이었지만 ○○ 님이 해주신 이야기는 제게 전혀 평범하지 않았어요. 저도 막 멋있는 질문을 하고 싶고 그럴 때가 있었는데요, 지금은 제가 돋보이는 것보다 저와 인터뷰를 하는 ○○ 님이 잘 드러나는 게 더 중요해요. 그게 잘 돼서 독자들이 ○○ 님을 더 잘 알게 된다면, 사람들이 이 기사를 누가 썼는지 전혀 기억하지 못해도 저는 상관없어요."

대충 이렇게 말했던 것 같다. 지금도 그렇게 생각한다. 중요한 건 내 질문의 멋이나 길이가 아니라 나와 마주 앉은 저 사람이 잘 보이는 거라고. 다행히 그와의 인터뷰 원고는 반응이 꽤 좋았다.

하지만 가장 기억나는 인터뷰 상대는 유명인이 아니다. 여행잡지에서 일할 때 만난 베트남 사람이다. 냐짱의 바닷가에는 아주 좋은 리조트가 있다. 고급 리조트는 즐길거리 프로그램이 많고, 그 리조트에는 아침 하이킹이 있었다. 해가 뜰 때쯤 산길을 걸어 바닷가까지 갔다가 바닷가에 준비된 배를 타고 리조트로 돌아오는 코스였다.

그 하이킹 가이드는 키가 작고 마르고 평생 햇볕에 타온 피부색을 가진 노인이었다. 리조트 건설 노동자로 일하다 하이킹 가이드로 채용됐다고 했다. 독학으로 배웠다는 영어를 굉장히 잘했다. 영어 덕분에 하이킹 가이드를 할 수 있었다고 했다. 근면한 사람이었다.

아침 하이킹이라는 산뜻한 어감과는 달리 길은 굉장히 험했다. 식당 통로보다 폭 좁은 길 사이로 나무가 울창하게 우거져 있었다. 몇 번이나 허리를 웅크려서 한참 가야 했다. 가이드는 나이를 믿을 수 없을 정도로 몸이 날렵했다. 아주 좁은 오솔길을 자유롭게 움직이는 그를 보며 '저렇게 해서 베트남이 미국과의 전쟁에서 이겼구나' 싶을 정도였다. 아닌 게 아니라 지금 각광받는 휴양지인 냐짱은 베트남 전쟁의 전장이었다. 한국군도 여기 주둔했다. 할아버지는 이 동네 토박이였다. 그 주변에서 많은 일이 스쳐갔을 것이다. 고통스러운 일들이.

하지만 그는 한국을 좋아한다고 말했다. "한국 오토바이가 있는데 무척 튼튼해요. 한국 김치도 맛있어요. 딸은 대도시에 나가 있는데 가끔 한국 김치를 사와요."

나는 여행잡지와 별로 안 어울리는 질문을 하고 말았다. "여기는 베트남 전쟁의 격전지였어요. 당신도 사람을 쏴나요?" 그는 짧게 말했다. "아마도Maybe. 하지만 그건 지난 일이고, 힘을 가진 사람들의 일이에요. 보통 사람들은 미워하지 말고 앞으로 잘 지내는 게 중요해요."

떠올려보니 나는 인터뷰에서 너무 많은 걸 배웠다.

잡지와 광고주

———————————————————————————

"광고가 너무 많아요."

잡지를 만든다고 하면 이 말도 자주 듣는다. 생각해보면 나도 이 일을 하기 전에는 광고가 많은 게 싫었다. 기사를 보려고 잡지를 샀는데 자꾸 광고만 나오고, 광고 때문에 내가 관심 있는 기사가 몇 페이지에 있는지 제대로 찾지도 못했다. 광고가 잡지 읽기를 방해했다.

사람 입장은 서 있는 곳 따라 달라지는 모양이다. 잡지사에서 일하니 광고를 보는 기분도 달라졌다. 솔직히 말하면 우리쪽 입장에서는 광고가 많을수록 좋다. 우리가 만든 페이지가 여러모로 가치 있다는 뜻이니까.

독자일 때는 좋아하는 잡지를 사서 광고 페이지를 급하게 넘기고 편집장의 글부터 보았다. 그 뒤에는 좋아하는 에디터의 기사를 열심히 읽었다. 전업 편집자가 되니 첫 페이지부터 천천히 넘겨 본다. 이번 달 우리의 첫 광고주는 여기군. 2페이지짜리 광고가 4개밖에 안 붙은 걸 보니 이번 달이 비수기긴 하군.

여러 잡지를 한 번에 볼 때도 좀 다르다. 독자일 때는 누구를 인터뷰했나, 무엇에 대해서 썼나, 어떤 화보에서 어떤 이미지가 나왔나, 이런 걸 봤다. 요즘은 표지와 뒤표지를 가장 먼저 본다. 어떤 연예인을 표지에 섭외했나, 어떤 연예인이 무슨 브랜드를 입었나(=무슨 브랜드의 유가 화보 협찬을 받았나), 맨 뒤에는 어떤 브랜드 광고가 들어갔나, 이런 걸 본다.

광고 페이지를 유심히 보는 습관은 내지를 볼 때도 이어진다. 업계에서는 우측에 광고가 붙는 1페이지 기사를 대면페이지라고 부른다. 대면페이지에 안 예쁜 광고가 붙으면 싫다. 서정적인 원고를 실었는데 방정맞은 비주얼의 광고가 붙는다면 눈살이 찌푸려진다. '돈 주면 무조건 실어야 하는 거 아니냐'라고 생각하실 수도 있겠지만 잡지는 이미지 상품이다. 이 단언이 불편하다면 이미지 상품적인 요소가 있다고 해도 좋다. 아무튼 잡지에서 이미지는 중요하고 광고는 잡지의 중요한 일부다. 요즘은 그 중요성이 점점 커지고 있다.

광고주가 중요해지는 가장 직접적인 이유는 역시 재정적인 부분이다. 잡지매체가 낼 수 있는 매출의 종류는 크게 두 가지다. 판매수익과 광고수익. 여러분도 쉽게 생각할 수 있는 구조다. 독자분께서 사주시는 잡지의 매출이 수익의 일부가 된다. 거기 더해 그 사이로 광고가 붙는다. 요즘은 그 수입원 중 광고주 쪽에서 나오는 매출이 압도적으로 높다. 사람들이 책을 안 사니까 광고주에게 의존하는 정도가 높아진다. 전 세계의 인쇄물 기반 매체가 마주한 현실이다.

독자가 종이 잡지를 안 사는 게 문제라고는 생각하지 않는다. 세상이 변했을 뿐이다. 나만 해도 잡지 만드는 게 직업인데도 종이 잡지를 잘 사지 않는다. 인터넷 매체든 네이버 지식인이든 더 편리하고 효율적인 대체품이 있는데 돈을 쓰는 게 남다른 일이다.

다만 변하지 않는 사실은 있다. 매체라는 걸 만드는 데에는 비용이 든다는 점이다. 정리되지 않은 정보를 가공하는 일, 그냥 보면 물건일 뿐인 옷을 어딘가 가져가서 모델에게 입힌 후 사진을 찍어서 화보를 만드는 일, 이런 일을 하려면 현실 세계의 인력과 비용이 필요하다. 잡지매체에서는 그 비용을 충당시켜줄 어딘가가 꼭 있어야 한다. 지금의 광고주는 그 소중한 비용을 채워주고 있다. 어떤 방법으로든.

많은 사람들이 자본을 악으로 묘사한다. 자본으로 지면을 사는 광고주 역시 악으로 묘사될 때가 있다. 돈으로 지면을 사서 영향력을 행사하려 한다고 여겨진다. 20세기 말엽에 그런 정서가 특히 강했던 것 같다. 나이키나 맥도날드처럼 만드는 물건의 변별력은 크게 없으나 이미지를 만드는 기술이 남달랐던 회사가 남다른 이미지 제조기술로 세계적으로 뻗어나갈 때다. 그 때의 고전이 《노 로고》* 같은 책이다. 나도 그렇게 생각했다. 아니라면 거짓말이다.

지금 내 생각은 조금 달라졌다. 세상은 OX 퀴즈가 아니다. 디지털 정보의 이진법처럼 어떤 고민의 맨 끝까지 내려가면 결국엔 미세한 이분법만 남는다. 하지만 크고 막연한 주제 앞에서 꼭 둘 중 하나를 고를 수는 없다. 진보가 선이고 보수가 악이라거나, 노동이 선이고 자본이 악이라거나, 이런 식의 단순한 생각은 해상도가 떨어지는 이미지 파일 같은 거라고 생각한다. 광고주도 비슷하다.

우선 광고 그 자체는 잡지 안에 들어 있는 중요한 정보이며 시대의 흐름이다. 어떤 신제품이 어떻게 생겼나, 그 제품은 무엇을 강조하는가, 이런 요소들은 사람들이 잡지에서 기대하는 '지금 일어나고 있는 일'에 가장 잘 부합하는 소재다. 시간을 초월하는 것도 좋지만 지금 한창인 걸 소개하는 것도 충분한 의미가 있다. 게다가 광고는 그 자체로 아주 잘 만든 비주얼 아트다. 국제적으로 사업을 전개하는 회사의 이미지 광고는 해

- ≪No Logo 슈퍼 브랜드의 불편한 진실 : 세상을 지배하는 브랜드 뒤편에는 무엇이 존재하는가≫, 캐나다 언론인인 나오미 클라인이 5년여에 걸쳐 세계 노동 환경을 조사 관찰해 슈퍼브랜드로 무장된 기업이 장악하는 세상을 보여주는 책으로 세계적 베스트셀러가 되었다.

매체와 광고주는 독자에게 다가가고 싶다는 공통의
목표가 있다. 그 목표를 위해 어떻게든 기분 좋게
함께 좋은 걸 만든다고 생각하고 싶다.

당 분야에서 지금 가장 잘하는 사람들이 모여서 최고 수준으로 뽑아낸 최고 품질의 이미지다. 그 이미지의 메시지가 '이 물건을 사세요'일 뿐이다. 그 메시지에 빠져서 가산을 탕진하거나 빚을 내 사치품을 살 게 아니라면야.

나는 광고주의 편을 들어줄 생각이 없다. 광고주 쪽에서도 제공하거나 기여하는 것이 분명 있다고 말하고 있을 뿐이다. 그러니 이렇게 말할 수 있겠다. 광고주가 별로라기보다는 별로인 광고주가 있을 뿐이라고. 매체의 방향과 색을 이해하고 존중해주는 광고주가 세상에는 있다.

반면 돈으로 지면에 대한 모든 권리를 샀다고 착각하는 광고주도 있다. 얼마 되지도 않는 돈을 들고 와서는 우리의 원칙을 무시하고 우리의 시간을 하찮게 여기는 광고주도 물론 있다. 천박한 사람들, 천박하게 구는 사람들, 일시적인 자기 직함의 힘을 이용해 남들을 귀찮게 구는 사람들은 어디에나 있다. 옛날에도 있었고 앞으로도 계속 있을 것이다. 광고주의 세계도 마찬가지인 것 같다.

선진국의 매체사와 광고사는 기존의 수익모델과 조금씩 다른 곳으로 나간다고 느낄 때가 있다. 광고주와 매체가 서로의 특징을 깊이 이해한다면 아주 좋은 모델이 만들어지기도 한다. 일본 잡지 <뽀빠이>는 몇 년 전 쇼핑 특집을 냈다. 그 잡지가 당시에 추구하던 소년풍 옷차림이 있었다. 소년들은 구찌 쇼핑백을 들고 있었다. 반 접힌 표지를 펴면 그 이미지 자체가 구찌 광고 이미지로 연결되었다. 그 소년들은 구찌를 입었고 구찌 쇼핑백을 들었으나 당시 그 매체의 색도 사라지지 않았다.

패션 페이지에서만 이런 협업이 일어날 수 있는 건 아니다. 영국 잡지 <모노클>은 캐나다 철도 회사나 태국 정부와도 광고성 기사를 진행한다. <모노클>이 일반 정보를 편집하고 보여주는 방식과 완전히 같은 방식으로 해당 광고주의 정보를 만든다. 그 페이지는 광고기사라고 명확히 명시되어 있음에도 별거부감 없이(아니면 좀 거부감이 덜한 채로) 읽게 된다.

매체는 필연적으로 혼자 설 수 없다. 매체에게 독자와 광고주는 모두 소중하다. 둘이 물에 빠졌다면 어떻게든 둘 다 구해야 한다. 이쪽에서 일하고 있는 지금의 내게 광고주는 적도 친구도 아니다. 공동의 이익을 도모하는 파트너일 뿐이다. 굳이 말하자면 긴장감이 있는 친구 또는 친밀한 감정이 있는 동업자. 아무튼 매체와 광고주는 독자에게 다가가고 싶다는 공통의 목표가 있다. 그 공통의 목표를 위해 어떻게든 기분 좋게 함께 좋은 걸 만든다고 생각하고 싶다.

시간이 어느 정도 지나고 나면 광고나 기사나 큰 차이가 없어지는 것 같다. 옛날 광고를 보면 그런 기분이 든다. 기사든 광고든 어차피 시간이 지나면 예전 세상은 이랬구나 싶은 일종의 자료로만 남는다. 하지만 열심히 현재를 사는 입장에서 너무 멀리 떨어져서 신선처럼 구는 것도 좋지 않다. 광고주 여러분 덕분에 우리 회사가 돈을 벌고 그 회사에서 나오는 월급으로 내가 먹고 살고 있다. 이 사실을 잊지 않는 건 중요하다.

가끔 아찔해지기도 한다. 지금 내가 일하는 라이프스타일 잡지업계의 주 광고주는 서유럽이나 북미에 본사를 두고 전 세계적으로 사업을 전개하며 사치품을 만들어 파는 다국적 대기업이다. 나와는 시차나 식성은 물론 평생 보고 듣고 생각해온 게 다른 사람들이 최종적으로 결제하는 예산에 의해 내 생계가 왔다갔다할 수 있다. 놀라운 일이야.

김참
사진가

이 일을 하다보면 좋은 사진과 안 좋은 사진이라는 게 보여요. '아, 이 사진은 정말 깊은 사진이다' 아니면 '뭐야 이 사진은. 왜 이렇게 성의가 없어?' 이런 사진들이 있어요. 결국 잘 찍은 사진은 느껴져요.

간단한 자기소개 부탁드릴게요.

81년생이고요. 이름은 김참이고요. 무슨 소개를 해야 하죠?

직업 사진가이신 거죠?

네. 현재는 직업 사진가입니다.

현재는 직업 사진가. 앞으로는 모르나요?

직업 사진가이긴 한데, 프리랜서이기 때문에 파트타임 사진가 같은 거죠. 일이 없으면 사진가가 아니고. 일이 있을 때만 사진가라고 할 수 있기 때문에 어디 가서 사진가라고 말을 하고 다니지는 않아요.

그렇다면 본인이 생각하는 '사진가'는 어떤 사람들인가요?

음… 일을 많이 하시는 분들이요(웃음).

말은 이렇지만 일 많이 하시잖아요. 옆에서 보니 사진도 일이 많은 계절과 많지 않은 계절이 있는 것 같던데요.

그렇지는 않아요. 일이 많은 사진가는 일을 매일 많이 하더라고요. 그리고 요즘은 사진가가 너무 많아요. SNS만 봐도 다 '포토그래퍼'라고 써뒀어요. 보면 '이게 뭔가' 싶은데도 다 포토그래퍼래요.

'이게 뭔가' 싶은 건 사진을 잘 못 찍는 사진가도 있다는 이야기인가요?

음, 그렇죠. 누구나 다 사진가가 될 수는 있어요. 카메라만 있으면요. '포토그래퍼 자격증'이나 사진가가 되기 위한 조건이 있는 건 아니니까요. 그런데 제 주변엔 진짜 사진가가 있어요. 그런 사람들과 비교하면 (못찍는 사람들은) 확실히 구별돼요. 저는 온전히 사진만 찍어서 먹고 살고 있어요. 그런데 사실 저도 제 스스로를 사진가라고 생각하지 못해요. 진짜 사진가는 아무나 할 수 있는 게 아니더라고요. 누구나 스스로를 사진가라고 주장할 수 있지만. 그래서 '사진가가 아닌 것 같은 사람들도 많다'고 생각해요. 전문적으로 먹고 사는 저 스스로도 사진가가 아닌 것 같은데.

스스로 사진가가 아니라고 생각하는 이유는 뭐예요? 일이 그렇게까지 많지 않나요?

사실 일수로 따지면 일주일에 5일 촬영하는 달도 있어요.

바쁠 때는 한 달에 25일 이상 촬영할 때도 있고요. 그런데 저는 사진을 하고자 한 계기부터 조금 달랐어요.

계기가 무엇이었나요?

사진이 좋아서 사진을 시작했던 게 아니었어요. 제게 사진은 대학을 가기 위한 수단이었어요. 청소년기에 딱히 하던 게 없어서 뭐라도 배워야 했는데 아버지 지인의 아들이 사진가라는 거예요. 그걸 하면 돈도 많이 벌 수 있고 공부를 안 해도 살 수 있대요. 그때가 1999년이었으니까 거의 20년 전이죠. '포토그래퍼'라는 말 자체가 생소하던 때예요. 그 이야기를 듣고 나니 대학을 가기 위한 수단이라는 생각 전에 '뭐라도 직업이 있어야겠는데, 사진을 찍는 곳에 가서 구경이라도 해볼까' 싶었어요. 그래서 스튜디오에 처음 갔다가 이 일을 시작하게 됐던 거예요. 그때가 19살 때예요. 그런데 저와 다른 계기로 시작한 사진가도 많고, 가끔 진짜 예술적인 느낌을 타고 나신 분들도 계세요.

어떻게 설명해야 할지는 모르겠지만 그런 느낌을 주는 사람들이 있죠.

주변의 선배, 후배, 동료 이야기를 들어보면 사진을 하는 이유가 굉장히 다양하더라고요. 순수하게 사진이 좋아서 시작한 사람들도 많고요, 어떤 사람은 카메라라는 기계가 좋아서 시작했다는 사람도 있고. 제가 사진 전공으로 대학교에 입학했을 때는 사진찍는 게 멋있어보인다는 이유로 들어왔다는 동기도 있었어요. 사진과에 사진이 좋아서 들어온 친구들은 과연 몇이나 있었을까요? 잘 모르겠어요.

입학하셨던 사진과에는 1년에 몇 명이나 들어오나요?

약 100명 정도? 실기가 80명에 비실기가 20명 정도 되었던 것 같아요.

그 100명 중에서 사진에 큰 생각이 없었던 실장님(보통 잡지 에디터는 사진가를 실장님이라고 부른다)이 아직까지 전업 사진가인 것도 신기한 일이네요.

저는 이것 말고 할 줄 아는 게 없어요. 배운 게 도둑질이라고. 그래도 열심히 했어요. 한때 포기한 적도 있었지만, 그러다 결국은 다시 돌아오기도 했고요.

사진을 포기했던 이유는 뭐였어요?

잘 못찍어서요.

스스로를 돌아봤을 때요?

네. 제가 사진을 못찍더라고요. 사진 기술적인 것들은 둘째 치고서라도 '앵글감'이라고 쓰는 말이 있어요. 앵글을 잡아서 사진을 연출하는 감각. 그런 소질이라는 게 있잖아요.

앵글감이라는 건, 눈앞에 있는 풍경을 보고 그 안에서 훌륭한 구도를 연출하는 걸 뜻하는 건가요?

그렇죠. 그게 어느 정도 공부를 해서 되는 것도 있지만 타고 나는 것도 있어요. 저는 앵글감이 별로 좋지 않더라고요.

언제 그렇게 생각하셨어요?

24살 때쯤? 사진을 시작한 지 얼마 안 됐을 때였어요. 당시 어시스턴트 사진가였기 때문에 사진을 찍긴 했지만 많이 찍지는 않았어요. 당시 제가 있던 스튜디오는 굉장히 큰 스튜디오였고 '인하우스(잡지사와 사진 스튜디오가 월 단위로 계약을 맺고 필요한 사진을 촬영하는 방식의 계약)'가 많았어요. 8개 정도?

일이 꽤 많았겠네요.

맞아요. 그 안에서 경력에 따라 찍을 수 있는 사진 꼭지가 달라요. 처음에는 행사 현장 등의 스케치 촬영부터 나가요. 그런 사진은 재미 삼아 열심히 하면 누구나 어쩌다 좋은 사진을 찍을 수 있어요. 저는 처음부터 제품 사진보다는 사람을 찍는 사진 스튜디오에서 시작했기 때문에(제품 사진은 별도의 장르라고 해야 할 정도로 다른 노하우가 필요하다. 제품 사진 전문 스튜디오와 전문 사진가가 따로 있다) 사람만 찍었어요. 그래서 사람을 찍는데 제 생각에는 못 찍더라고요. 그래서 그 당시에는 힘들었어요. 스승님들은 "네가 얼마나 찍었다고 벌써 그런 이야기를 하느냐"고 했지만 계속 고민했죠. 그런데 사진 말고 뭔가를 또 배우고 싶은 생각도 없고, 나이도 애매했고. 그래서 차라리 다크맨이 되는 건 어떨까 싶었어요.

다크맨이 뭐예요?

현상소에서 사진을 현상하는 사람이에요. 그때는 아날로그 방식이었으니까요.

되게 멋있는 이름이네요. 슈퍼히어로 이름 같고.

진짜 원래 다크맨이라고 해요. ≪사진용어사전≫에도 나와요. 그래서 다크맨이 되어 일을 했는데 그것도 힘들더라고요. 밖을 다니는 게 좋은데 암실에서 사진만 뽑아야 하니까. 그래서 현상소에서 3개월 정도 있다 포기하고 다시 사진을 하겠다고 돌아왔어요. 영상에 흥미가 생겨서 영상을 했던 적도 있어요.

젊을 때는 그럴 수도 있죠. 결국에는 사진가로 활동하고 있네요.

사진을 하게 된 여러 이유가 있지만 부수적인 이유 중 하나는 제 사진 스승님들이 멋있어보였기 때문이기도 했어요. 수입도 많고, 연예인들과도 친하고. 스승님들을 보며 막연히 '나도 저렇게 될 수 있으면 좋을 것 같은데?' 싶기도 하고. 저는 충성심이 강하고 상하관계가 확실한 것도 익숙해요. 그냥 형들하고 일을 하는 게 좋았어요. 어릴 때는 가방을 들고 다니는 조수였고, 그 다음부터는 '세컨드'가 되어서 카메라 조립도 하고 필름도 갈고, 촬영현장에서 조명도 맞추고. 그런 수순을 거치긴 했지만 일 자체가 재미있었던 것 같아요. 굉장히 박봉이었지만요.

거기도 박봉이군요. 그런데도 이 일을 할 정도로 사진이 좋았던 거예요?

어디 가서 뭘 잘해본다는 이야기를 처음 들은 곳이 어릴 때 일하던 스튜디오였어요. 문제아라서 늘 사람들에게 손가락질만 당하고 욕만 먹고, 경찰서 들락날락하고, 부모님을 제외하면 동네 경비 아저씨까지도 인상 쓰고 쳐다봤고, 학교에서 칭찬 한번 들어본 적이 없었어요. 그런데 스튜디오의 형들께서는 예뻐해주시더라고요. 그러니까 더 열심히 하고 싶었어요. 어시스턴트 시절에는 진짜 열심히 일했어요. 자기 것을 하겠다고 개인 작업을 하고 포트폴리오를 준비하는 동료들도 있었지만 그때 저는 오히려 청소하고 장비를 체크했어요. 지금 내 포지션은 저게 아니었기 때문에. 그렇게 20대를 보냈어요.

내 것을 하고 싶다는 생각은 안 하셨어요?

그건 나중에 해도 충분히 될 거라고 생각했어요. '내 건 독립하고 나서 해도 되지 않을까?'랄까요. 이건 조금 다른 이야기지만 외국 사진 촬영 현장에는 전문 스태프도 있어요. 50살이 넘은 조감독도 있고, 사진 촬영이 아니라 옆에서 촬영을 도와주는 걸 업으로 하는 사람들도 있어요. 만약 한국도 그런 촬영

환경이었다면 전 사진가보다는 오히려 그런 스태프가 되지 않았을까 싶기도 해요.

그러기에는 자기 색이 있는 사진가가 되었잖아요. 이번 달만 해도 잡지 <얼루어> 표지 촬영도 하셨고요. 도쿄에서.

　오래 하니까 그렇게 됐네요. 그냥 뭐 친해졌으니까(웃음)라고 저는 생각해요. 그런데 사실 음… 어쨌든 제가 사진가로 누군가를 촬영하게 되면 어떤 책임을 지는 거잖아요.

그 현장에서 멋진 사진을 만들어야 한다는 점에서 어느 정도는 그런 면이 있죠.

　제가 일을 받았을 때는 그 책임을 받는 것이기도 해요. 그렇기 때문에 그 일에 최대한 누가 되지 않기 위해 나름 굉장히 노력을 하고 있어요. 민폐를 끼치는 걸 병적으로 싫어하기 때문에.

그건 아주 중요한 마음이라고 생각해요. 특히 이 일은 사람들과 계속 해나가니까요.

　제가 어시스턴트를 하며 스승님들께 배운 건 그런 마음가

짐 같아요. 기술적인 게 아니라.

폐를 끼치면 안 된다. 책임을 져야 한다.

어떤 일에 대한 책임감, 프로의식 같은 것들요. 제가 일했던 스튜디오는 굉장히 엄했어요. 실장님들과 제가 나이 차이도 많이 났고요. 그래서 그런 걸 먼저 배웠어요. 예의, 약속, 신의 같은.

계속 동의할 수밖에 없네요.

저는 어시스턴트를 하고 싶다면서 찾아오는 후배들에게 이런 이야기를 해요. "나는 사진을 그렇게 잘 찍는 사람이 아니다. 너에게 사진을 잘 찍는 법을 알려줄 수도 없다. 그렇지만 네가 이 일을 해서 먹고 살 수 있는 방법을 알려줄 수는 있다." 왜냐하면 제가 그렇게 해서 살고 있으니까요.

사실 이 일을 언제까지 할지는 모르겠어요. 제가 30살에 독립해서 이제 8년이 됐어요. 8년이란 시간 동안, 처음 2년은 일이 없어서 정말 굶다시피 하며 살았어요. 그런데 32살 때부터 해결이 조금씩 되기 시작했고, 그 다음부터는 광고 일을 봐주는 에이전트도 생기고, 어쨌거나 저쨌거나 서울에서 프로 사진가로 살고 있는 거예요. 하지만 결국 이런 생각이 들어요. 사진을 잘 찍는 재능은 타고나는 것 같다고.

남이 가르쳐줄 수 있는 종류가 아니라는 거죠?

그렇죠. 노래와 비슷한 것 같아요. 알려줄 수는 있어요. 하지만 잘하는 사람은 따로 있고요. 제 스승님께서 이런 이야기를 하셨어요. 사진은 권투와 비슷하다고. 권투는 왼손과 오른손만 갖고 싸우잖아요. 이 왼손과 오른손을 어떻게 쓰느냐에 따라 마이크 타이슨이 될 수도 있고 무하마드 알리가 될 수도 있어요. 사진도 그래요.

누구나 카메라를 살 수 있어요. 그걸 어떻게 쓰느냐에 따라 완전히 다른 사진이 나올 수 있어요. 결국 그 사람의 재량인 거죠. 이 세상에 얼마나 많은 앵글이 있을까요? 이 안에 가로 세로 높이 1센티미터 크기인 정육면체 상자가 있다고 생각해볼게요. 거기서 x, y, z 좌표를 놓고, 각도까지 생각했을 때, 그 상자와 풍경으로 인해 이 안에서 나올 수 있는 앵글이 어마어마하게 많을 거예요. 단순히 '벽치기(벽을 배경 삼아 사진을 찍을 때 이런 말을 쓴다)'를 해도 달라요. 어떤 렌즈를 써서 어떤 각도로 어느 정도의 높이에서 찍어야 좋을까요? 이건 정말 연습한다고 되는 게 아니에요.

맞아요. 사진가들 촬영하는 걸 보면 저건 연습을 벗어난 것 같은데 싶은 사진이 있어요.

어느 정도 이 일을 하다보면 좋은 사진과 안 좋은 사진이라는 게 보여요. 막연하게 느껴져요. '아, 이 사진은 정말 깊은 사진이다' 아니면 '뭐야 이 사진은. 왜 이렇게 성의가 없어?' 이런 사진들이 있어요. 결국 잘 찍은 사진은 느껴져요.

그걸 뭐라고 설명해야 할지는 몰라도요?

네. 있어요. 뭔가 있어요. 그러니 빈 수레가 요란하다 싶은 사람들은 창피한 줄도 알아야 돼요.

그래도 서울에서 프로 사진가로 자리를 잡아서 잡지 같은 곳에 자기 사진을 싣는 분들은 웬만하면 자기 것이 있는 사람인 거겠죠?

그건 모르는 일 같아요. 예를 들어 어떤 직장인이 있다고 가정해볼게요. 그런데 사실 이 사람은 타고난 레이서예요. 레이서가 됐다면 전 세계를 제패했을 수도 있어요. 그걸 모르고 살아가는 거죠. 그런 사람이 많겠죠. 사진도 그래요. 이걸 직업으로 하는 사람이 아닌데 사진을 엄청 잘 찍는 사람들이 있어요. 가끔 인스타그램에서 사진가라는 이름을 걸고 돈을 버는 사람들이 부끄러울 정도로 좋은 사진을 찍는 분들을 봐요. 그런 사람들은 자기 직업도 따로 있고, 자기를 사진가라고도 하지 않아요. 어쩌면 이 바닥도 그래요. 다른 일을 했어야 하는데 사진을 하고 있는 사람들이 있기도 해요. 직업이라는 게 그런 것 같기도 하지만요. 동시대의 사진가가 많잖아요. 그 중에서도 잘하는 사람과 못하는 사람은 같은 사진가끼리도 구분이 돼요.

어느 직업이나 그런 사람이 있겠죠. 그러면 실장님은 독립해서 직업 사진가가 되기까지 11년 정도가 걸린 건가요?

처음 시작했을 때부터 시작해 햇수로만 놓고 보면 그렇죠. 그런데 몸이 안 좋아서 병원에 입원한 시간도 있었어요. 스튜디오에 들어가서 일을 배우다 대학교에 가게 됐죠. 거기서 배워서 학교에 간 거예요. 학교를 다니면서도 끝나면 스튜디오에 가서 일을 했고요. 학교를 졸업하고 나니 스튜디오에서도 인정해주고, 직원으로 생각을 해줬어요.

굉장히 옛날 느낌 드는 방식이네요. 단점도 많이 있겠지만 그냥 옛날 생각나는 이야기예요.

그렇죠. 되게 도제식이었어요. 어떤 초밥집에서 쌀만 5년 씻고 2년 계란말이하는 느낌처럼. 그런데 재미있었어요. 제 나이대에도 저처럼 어린 나이에 어시스턴트로 시작해 사진가가 된 사람이 많지는 않아요. 제가 어시스턴트를 할 때 그 일을 하겠다고 스튜디오에 들어온 사람들은 거의 다 저보다 나이가 많았어요. 보통 또래들은 대학을 졸업하고 어시스턴트가 되는데 저는 순서가 반대였던 거죠.

실질적인 이야기를 해 볼게요. 프로 사진가 김참 님의 고객은 주로 누구인가요?

패션잡지의 에디터 여러분들. 그리고 패션 화보 촬영에 관련한 일을 하시는 분들이에요. 인물촬영 내지는 옷을 보여주기 위한 촬영 관련 업종 종사자요. 그 다음엔 가수의 음반 사진. 또 배우들의 달력이라거나 프로필 사진. 시즌 캘린더를 하시더라고요. 아이돌 달력은 팬 여러분께 인기가 무척 많은 걸로 알고 있어요. 의류 광고 일을 하기도 하고요.

본인은 아니라고 하시지만, 결론적으로는 아무튼 서울에서 이런 일을 하면서 직업 사진가로 살고 계시는군요. 서울에서 사진가로 독립해서 살기 위해 가장 필요한 건 뭘까요?

절실함이죠. 절실함이에요(웃음).

재능 이런 게 아니고요?

조금 전에 말씀 드린 것처럼, 누구나 사진가를 할 수는 있어요. 아무나 진짜 사진가가 되지는 못하겠지만요. 정말 이 일을 하고 싶다는 절실한 마음이 있다면 사진가뿐 아니라 뭐가 못 되겠어요.

그렇죠. 하지만 사진가는 아무나 되는 게 아니라고 생각하는 사람도 있을 수 있잖아요? 여러 가지 이유로요. 남다른 걸 타고나는 사람도 있을 수 있고요.

정말 사진을 못 찍으면 하지 말아야죠. 라면집이 있다고 생각해 볼게요. 맛없는 라면집에는 손님이 가지 않는단 말이에요. 마찬가지예요. 정말 맛없는 집이라면 망하겠지만 적당히 맛있다면 먹고 살 수는 있어요. 예를 들어 어떤 집 라면은 적당히 맛있어요. 그런데 이 집은 항상 청결하고, 손님에게 예의 바

인터뷰 125

르고, 주인이 정직하게 만들어서 파는 것 같아요. 그렇다면 엄청나게 맛있지 않아도 먹으러 가는 사람이 있어요. 사진도 그런 것 같아요. 그런데 반대로 아무리 맛있어도 주인이 불친절하고 문 닫는 시간도 불규칙적이고 손님과 약속도 잘 지키지 않으면 안 찾아요.

정말 그럴 것 같네요.

제가 아는 사진가 중 정말 존경스러운 사진가가 있어요. 나이 차이도 얼마 안 나는데 정말 사진을 너무 잘 찍어요. 그 사람 사진을 보면 사진이 너무 좋아서 진짜 너무 자존심 상하고 부러워요. 그런데 성격이 안 좋고 현실적으로 문제가 생기니까 그 사진가의 일이 쭉 떨어지는 걸 봤어요.

사진가가 되려면 돈이 많이 드나요?

네. 돈 많이 들어요. 저 되게 힘들었어요. 저희 집도 찢어지게 가난하지는 않았지만 그렇다고 넉넉한 형편도 아니었기 때문에 뭔가 하겠다고 집에 손을 벌리기가 어려웠어요. 사진에 돈 들어갑니다. 지금은 바뀐 것도 있어요. 일단 필름 카메라가 디지털 카메라가 됐어요. 예전에는 필름이 많이 비쌌어요.

현상료도 따로 내야 하고. 그런데 찍어서 뽑아보지 않는 이상 모르니까 돈이 들죠. 그리고 어쨌든 저는 패션 사진을 주로 하고 있잖아요. 그러려면 돈이 많이 들어요. 개인 스튜디오가 필요해요. 우리나라는 사진과 관련한 대여 시스템이 별로 없다고 봐야 해요. 스튜디오 대여 업체는 있지만 대관료가 굉장히 비싸요.

많은 사진가들이 사진촬영용 조명기구도 갖고 있던데요.

그렇죠. 장비도 비싸고요. 조명도 대여점이 있지만 몇 군데 없어요. 대여료 자체도 비싸고. 제가 아는 사람 중 조명을 빌려서 쓰는 사진가는 거의 없어요. 조명도 가장 이름 있는 걸 쓰죠. 장비비와 스튜디오 대여비가 많이 나가요.

돈도 많이 들고 잘 하기도 어려운 일을 하고 계신 거네요. 그렇다면 이 일을 해서 가장 좋은 점은 뭔가요?

자유롭다는 점이요. 직장생활을 할 때처럼 복장이나 두발 규정은 없어요. 회사는 조금 쉬고 싶어도 쉴 수 없죠. 반면 이 자유가 단점일 수도 있어요. 바쁠 때는 주말도 없어요. 그리고 사실상 문을 열고 닫는 시간이 없어요. 일반 고객을 상대로 하는 직업이 아니기 때문에 손님이 원하면 원하는 시간에 일을 해요. 프리랜서를 한다면 단골손님이나 연락 오는 손님들에게 양해를 구하고 일을 쉴 수도 있을 거예요. "저 몇 개월 동안은 스케줄이 있습니다" 같은 식으로요. 이렇게 게으르게 살고 싶다면 게으르게 살 수도 있는데, 사실 이 일은 게으르면 끝인 것 같아요.

사진을 찍을 때 자체의 즐거움 같은 건 없나요?

있죠. 말은 이렇게 하지만 사진가라는 직업에 애착이 커요. 제 스스로가 아닌 것 같다는 생각이 들어서 문제지만 저는 사진가이고 싶어요. 사진을 잘 찍어서 손님들이 기뻐하면 진짜 그때가 제일 좋아요. 그거 하나로 살고 있는 것 같아요. 좋은 사진을 찍는 것.

기억에 남는 촬영이 있나요 혹시?

너무 많아요. 어떤 패션잡지 촬영을 가서는 이틀 동안 화보 3개를 찍었어요. LA에서 낮에 하나를 찍고, 운전을 4~5시간 해서 라스베이거스로 가서 밤 화보를 찍고, 다시 돌아와서 씻고 옷을 갈아입고 3시간 운전을 해서 팜스프링스에서 화보를 찍는 식이었어요. 다 합치면 40페이지쯤 되는 긴 화보였어요. 그 촬영이 기억나요. 되게 힘들었어요. 일정도 빡빡하고 몸도 힘들고 마음도 부담스러운 촬영이었거든요. 그런데 너무 재미있었어요. 동시에 속으로는 계속 기도하면서 찍었어요. 잘 찍게 해달라고. 그런데 결과가 나쁘지는 않았어요.

촬영 현장에서 사진가만이 느끼는 부담도 있겠네요. 현장에선 사진가가 주인공일 수도 있는데.

각자 생각이 다를 것 같아요. 제 주변에 있는 에디터 대부분은 현장에서 진행한 사진을 자기 사진이라고 해요. 사진가에게도 그건 내 사진이거든요.

미묘하네요. 엄밀히 말하면 사진가의 사진이겠죠. 그걸 가지고 돌아와서 에디터의 페이지로 만드는 거고요.

각자의 사진이죠. 에디터들의 생각도 맞다고 봐요. 자기 사진이라고 하는 말도 이해가 가요. 기획이나 장소를 협의해서 고르니까요. 그런데 외국에는 화보의 경우 사진가 이름이 먼저 나가는 경우도 있어요. 모델이나 장소나 사진을 어떻게 찍을 것인가에 대한 결정까지 사진가가 하기 때문이에요. 에디터와 상의도 하지만 사진가가 이끌고나가야 하기 때문에, 그래서 사진가 이름이 먼저 나오는 거라고 배웠어요. 한국 같은 경우는 장소나 모델을 에디터가 정하는 경우가 많아요. 그리고 마지막으로 실리는 A컷도 에디터가 고르고요. 외국 잡지는 사진을 고르는 것도, 페이지를 고르는 것도 사진가인 걸로 알고 있어요.

나라마다 다른 특징이 있군요.

얼마 전에 동료 사진가 형이 프랑스 잡지 촬영을 했는데 너무 좋았대요. '흑백과 컬러 중 너무 한쪽으로 쏠리지만 않으면 오케이' 수준으로 사진가에게 다 맡겼대요. 그래서 너무 좋았다고요. 다른 사진가도 <모노클> 촬영할 때 A컷을 다 사진가가 골랐대요. 사진 찍을 때도 사진가가 "다 한 것 같아요"라고 하면 넘어가고 확인도 안 한대요. 그만큼 더 책임을 지고 어깨가 무거워지죠.

주도권이 훨씬 많아지는 거네요. 사진가 입장에서는 기왕 하는 거면 그렇게 주도권이 많이 주어지는 게 좋겠죠?

주도권이라기보다는 그렇게 하면 그게 내 사진이라는 기분이 들겠죠. 제가 찍었지만 제 사진 같지 않은 사진도 있어요.

어떤 사람을 3시간 안에 찍어야 하고 장소는 거기가 아니면 안 되고, 여기서 8컷을 찍고, 페이지는 8페이지에서 10페이지는 되어야 한다면 난처하기도 해요. 그래도 또 잘 찍는 분들은 찍어요.

제한이 있다고 결과가 나쁘다는 법은 없으니까요.

"이런 톤은 안 돼요. 이런 톤으로 해 주세요"라고 하고, 다른 잡지를 보여주면서 이렇게 해달라고 하는 경우도 있어요.

사진 톤은 사진가의 고유한 특징 아닌가요? 그리고 2018년에도 다른 잡지를 보여주면서 그렇게 그대로 찍어달라는 사람이 있어요?

많아요. 굉장히 많아요.

그리고 내가 이 사진가와 작업을 한다는 건 내가 이 사진가의 톤과 앵글 감각을 사용하겠다는 이야기 아닌가요?

기본적으로 에디터들도 그렇게 생각하죠. 그런데 매체의 성향이라는 게 있잖아요. 예를 들어 A 분위기의 잡지가 있어요. 그 잡지는 B 분위기로 찍은 사진을 안 실을 수도 있어요. 그런데 어떤 사진가는 B 분위기의 사진을 찍어요. 그렇다면 그 사진가의 B 분위기를 인정해줘야겠죠. 그런데 그냥 그 사람이 요즘 좀 많이 찍고 잘 나가고 궁금하니까, 식당에 비유하면 한 번 먹어보러 온 거예요. 그래서 "하나 드세요" 같은 느낌으로 결과물이 나오면 "왜 이렇게 짜요? 물 좀 더 넣어주세요" 같은 반응이 돌아와요. 그렇게 하면 이 맛도 아니고 저 맛도 아닌 게 되겠죠. 그런 경우도 종종 있어요.

그렇게 말씀해주시니 굉장히 이해가 잘 되네요. 그러고 보니 요즘 패션 사진가는 영상도 잘해야 하나요?

인쇄에서 영상으로 플랫폼이 바뀌었잖아요. 그래서 잘하시는 분들도 많아요. 영상 제작 요청도 있고요. 그런데 저는 그렇게 생각하지는 않아요. 사진가는 사진만 잘 찍으면 돼요. 처음 배울 때부터 마음에 있던 생각이에요. 영상은 영상 하시는 분들이 하면 되죠. 영상을 좋아하시는 분들이.

영상과 사진은 많이 다른 일인가요?

제 생각엔 완전 다른 일이에요. 저도 큰 프로덕션에서 전문적으로 영상을 3년 정도 배웠어요. 결국은 다시 사진을 하겠다고 돌아왔지만.

둘 다 해보니 사진이 더 좋았던 건가요? 아니면 내가 사진을 더 잘 한다고 생각한 거예요?

사진이 더 좋았어요. 사실 영상을 더 잘할 수 있을 것 같긴 해요. 꼭 감독이 아니더라도요. 오히려 PD 같은 걸 했으면 스트레스 안 받고 잘할 수 있을 것 같기도 하고… 저는 지금 일하면서 스트레스를 너무 많이 받거든요.

내 마음에 드는 사진이 안 나와서요?

그렇죠. 그러려면 내가 좋아하는 장소나 내가 좋아하는 모델, 내가 좋아하는 시간이 있어야 하니까요. 내가 막 그리고 싶은 그림이 있고요. 그리고 사실 제일 큰 스트레스는 못해서 오죠.

결국 내 결과물이 성에 차지 않는 거예요?

(그 스트레스는) 못해서 오는 거예요. 지금은 정보에 경계가 없잖아요. 지금 뉴욕에서 제일 잘 나가는 사진가, 아니면 새로 치고 올라오는 사진가의 사진을 보면 어마어마해요. 그런 부분과 비교하면 나는 너무 보잘것없으니까, 그것 때문에 스트레스가 많이 생겨요.

이상이 높아서 오는 스트레스네요. 그나저나 종이 잡지로 사진이 유통될 때는 최소한의 사진 크기가 있었잖아요. 그런데 요즘은 거의 5.5인치에서 6인치 정도의 스마트폰 화면으로 내 사진을 보죠. 커봤자 16인치에서 20인치가 조금 넘는 모니터 정도고요. 그건 아쉽지 않으세요?

아쉽죠. 색도 밝기도 달라요. 하지만 비교할 수는 없는 것 같아요. 우선 예쁜 사진은 예뻐 보이고, 사진의 크기나 인화까지 생각한다면 상업 사진가가 아니라 순수 예술 사진가가 되어야 해요. 자기가 보여주고 싶은 크기대로 인화를 해서 전시해면 되죠. 요즘 잡지의 종이 질이나 인쇄가 나빠지는 걸 느끼긴 해요. 사실 인쇄에 신경 많이 쓰니까요. 이 직업이 아닌 사람들에게는 별로 티나지 않겠지만 사진가들은 농도나 색감에 공을 많이 들여요. 그게 전부일 수도 있으니까요. 하지만 패션사진, 상업사진은 알리기 위한 사진이니까 아쉽긴 한데 어쩔 수 없죠.

사진 장비가 디지털로 바뀌면서 사진가의 일도 변했나요?

엄청 변했죠. 일단 찍어서 바로 보는 게 가장 달라요. 필름으로 찍을 때는 온전히 사진가만 사진을 알았어요. 사실 사진가도 잘 몰랐죠.

요즘은 컴퓨터를 갖고 촬영 현장에 오는 일도 많죠.

보통은 기본적으로 컴퓨터에 연결해서 촬영을 하죠. 사진을 찍으면 컴퓨터에 바로 떠요.

그뿐 아니라 어느 정도 보정도 하잖아요. 자기 톤으로.

네. 그렇게 해서 어느 정도 톤까지 만들어진 사진이 거의 실시간으로 들어오죠.

생각해보니 보통 일이 아니네요. 사진가 입장에서는 굉장히 부담스러울 수도 있겠어요.

처음에 저희 스승님들은 "벌거벗고 사진 찍는 것 같다"고까지 하셨어요. 보여주기 싫은 것도 있잖아요. 지금은 오히려 호흡이 잘 맞는 에디터와는 이런 방식이 좋기도 해요. 사진을 바로 보며 서로 상의해서 더 나은 그림을 그릴 수 있거든요. 하지만 고객 성향이나 촬영 상황에 따라 굉장히 괴로워질 수도 있죠.

지금 사진가가 되려는 젊은 친구들은 디지털 카메라가 있으니 사진을 연습할 기회가 훨씬 많아졌다고 볼 수도 있네요.

많아졌죠. 제가 처음 사진 배울 때는 필름값과 인화비를 대는 것도 힘들었어요.

내가 가진 필름 수만큼만 사진을 만들어볼 수 있는 거네요.

가지고 있는 돈만큼밖에 못 찍는 거죠. 지금은 카메라가 고장나기 전까지 몇 만 컷, 몇 십만 컷도 찍잖아요. 그런 면에서는 너무 좋아진 거죠.

그렇다면 사진을 찍어볼 기회가 많아진 젊은 사람들은 사진을 더 잘 찍나요?

잘 찍어요. 사진술이 평균적으로 좋아졌다고 해야 할까요. 사진 자체의 질이 향상된 것 같아요. 확실히 예전과 달라요. 맞아요. 디지털카메라가 보편화되며 그렇게 된 게 있어요. 그래서 더 짜증나요(웃음). 사진 잘 찍는 사람들이 너무 많아요.

좋아하는 사진가도 있으세요?

다이도 모리야마를 좋아해요. 거칠고 콘트라스트가 큰 그 사람의 흑백사진을 좋아해요.

그런 식의 자기 톤이라는 건 어떻게 만들어지는 거예요?

자기가 좋아하는 대로 하다보면 알아서 좋아지는 것 같아요. 톤이란 것도 하나의 표현이잖아요. 어떤 사진을 찍고 나서 이런 느낌을 주고 싶다고 하는 것에서부터 톤이 시작돼요. 그에 맞게끔 방법을 찾아가는 거죠. 이렇게 느껴지게 하고 싶다면 이렇게도 해보고, 아니면 저렇게도 해보고, 결국엔 가장 좋겠다 싶은 게 만들어지겠죠.

'내 것을 만들고 싶다'보다 '이런 느낌을 내고 싶다'가 먼저인 거군요. 뭔가 느낌을 내기 위해 이런저런 방법을 써보는 거고요. '내 것을 만들고 싶다'와 '이 느낌을 내고 싶다'는 욕구가 다를 수도 있다고 생각했는데.

느낌을 내기 위한 방법 자체가 내 것 아닐까요? 그걸 잘하면 그게 내 것이 되겠죠.

아까와 비슷한 질문일 수도 있어요. 사진가로 버티기 위해 가장 필요한 자질은 뭘까요?

절실함이요. 그런데 소질이 없으면 정말 하면 안 돼요. 소질이 아예 없다는 건 예를 들면 음식을 할 때 간을 못 맞추는 거예요. 그러면 음식을 만들 수 없어요.

최소한의 감각이 있어야 한다는 거죠?

그렇죠. 그 감각이 좋아지려면 많이 봐야 해요. 많이 알아야 하고요. 너무나도 평범한 이야기지만 아는 만큼만 볼 수 있어요. 입력이 없으면 출력도 없어요. 절실하게 어느 정도 버텼다면 자기가 알 거예요. 이걸 해야겠다, 아니면 하지 말아야겠다. 그걸 모른다면 그것도 문제인데, 그걸 모르면 남들이 알게 해주죠.

일이 안 들어온다는 형태로 남들이 알게 해 주겠죠. 사진가가 되고 싶어 하는 학생들이 있다면 해주고 싶은 말이 있어요?

안 했으면 좋겠어요(웃음). 사진가가 너무 많아요. 대학교에서 만났던 사진 전공자 몇 백 명 중 사진으로 먹고 사는 사람은 10명도 안 될 거예요. 그리고 저도 아직 시작도 안 했다는 생각이라 후배 사진가에게 해줄 말이 잘 생각나지 않네요.

언제쯤이면 '내가 사진가가 됐군' 싶을까요?

한 40대 중반 되면 그런 생각이 들지 않을까요?

앞으로는 어떤 사진을 찍고 싶으세요? 패션 사진을 계속 하고 싶으세요?

그냥 좋은 사진을 찍고 싶어요. 예전에는 사진 하나로 세상을 바꾼다는 생각도 좋아보였어요. 매그넘처럼, 로버트 카파처럼, 전쟁을 끝낼 수도 있는 그런 사진이요. 처음에 사진을 배울 때는 패션보다는 다큐멘터리 사진가가 되고 싶었어요. 무언가를 기록하고 관찰하고. 하다보니까 패션 사진을 많이 찍게 되었지만요.

앞으로는 어떻게 될지 모르잖아요?

그냥 막 찍는 사진보다는, 사진을 본 사람들이 뭔가 생각할 수 있게끔 하는 그런 사진, 그게 사람이든 장소든, 그런 사진을 찍으면 좋을 것 같아요.

사진을 계속 찍고 싶으신 거죠?

잘 모르겠어요.

사진을 좋아한다고 하셨잖아요. 좋은 사진을 찍고 싶다고. 계속할지 알수 없는 거예요?

사진이 어려워서요. 찍고 싶은데 잘 못 찍으니까.

아휴, 저는 그렇게 생각하지 않지만 그게 무슨 뜻인지는 알 것 같네요.

인터뷰는 여기까지입니다.

감사합니다.

마감 중의
잡지사에서
일어나는 일

영화 '셉템버 이슈*'를 한국판으로 만든다면 첫 장면은 사무실 쓰레기통 클로즈업으로 하고 싶다. 쓰레기통은 넘칠 정도로 꽉 차 있다. 빈 페트병과 과자 봉지, 뭔가 인쇄된 A4용지, 근처에 있는 모든 커피숍의 종이컵. 넘치는 쓰레기통에 누군가 또 하나 쓰레기를 던진다. 페트병 또는 과자봉지 또는 A4용지 또는 종이컵이다.

보통 한국의 라이프스타일 잡지는 20일에 전국 서점에 깔린다. 인쇄와 유통 일정을 역산한 날이 마감 마지막 날이다. 많은 잡지가 매달 16일에서 18일 사이에 마감한다. 8월 15일에, 아니면 9월 15일이 추석이라면, 누군가는 일하고 있다는 뜻이다. 날씨가 맑든, 연휴든, 어디서 무슨 페스티벌을 하든.

렌즈가 서서히 뒤로 빠진다. 국물 맛이 다 우러난 멸치처럼 늘어진 사람들이 모니터 앞에 앉아 있다. 어떤 사람은 속기사처럼 키보드를 두드린다. 어떤 사람은 인쇄된 A3용지를 노려보며 뭔가를 적는다. 어떤 사람은 여유롭게 모니터 속 영화 같은 걸 본다. 어떤 사람은 쫓기는 듯한 분위기를 풍기면서도 아무것도 하지 못한다. 가끔 누군가가 누군가를 부른다. 렌즈

● 미국 〈보그〉의 편집장인 안나 윈투어를 중심으로 9월판 〈보그〉 제작 과정을 담은 다큐멘터리 영화.

가 점점 더 뒤로 빠지면서 생기는 화면의 공백 위로 두 글자가 떠오른다. 마감.

마감이란 단어의 급박한 어감과는 달리 마감 중인 잡지사 사무실의 분위기는 별로 급하지 않다. 좀 더 정확히 말하면 이때의 분위기는 집단 피로에 가깝다. 마감 중인 잡지사 사무실에는 특별한 예외가 아니라면 페이지를 구성하는 거의 모든 요소가 만들어져 있다. 사진은 촬영되어 있다. 페이지 디자인도 웬만하면 잡혀 있다.

안 된 건 원고일 경우가 많다. 원고는 왜 늦게 나올까. 여러 가지 이유와 변명이 있지만 나는 내 스승이 젊을 때 했다는 말이 가장 와닿는다. "그럴 만하니까 늦겠죠."

잡지 마감의 과정은 다음과 같다. 개별 에디터(기자)가 원고를 완성한다. 완성된 원고를 편집장에게 제출한다. 편집장은 필요한 경우 원고를 편집해 다시 개별 에디터에게 준다. 에디터는 완성된 원고와 페이지를 구성하는 요소(사진 등)를 아트팀에 넘긴다. 아트팀은 페이지 구성 요소를 받아 대지를 만든다. 대지는 보통 A3 용지에 인쇄되어 교정사에게 간다. 교정을 거친 대지를 보통 1교라고 부른다. 1교를 거친 대지가 에디터에게 다시 돌아온다. 에디터는 해당 페이지(이제는 원고를 벗어

"꼭 밤을 새야 해?"
"왜 언제 끝나는지 몰라?"

난 개념이다)를 수정해 오퍼레이터에게 준다. 오퍼레이터는 수정을 거친 대지를 인쇄해 다시 교정사에게 준다. 이 과정을 3교까지 반복한다. 편집 작업이 끝난 대지를 에디터가 편집장에게 제출한다. 편집장이 최종적으로 확인하면 해당 페이지가 완성된다. 무슨 이야기인지 잘 모르겠죠? 일부러 이쪽에서 쓰는 말을 풀지 않고 썼기 때문이다.

보통 잡지는 에디터나 편집장이 만드는 거라고 여겨진다. 편집장이 지휘자라거나 에디터가 개별 연주자라고 비유할 수는 있다. 하지만 하나의 잡지는 하나의 음반과 비슷하다. 음반에는 티가 잘 나지 않아도 완성도에 결정적인 역할을 하는 사람들이 있다. 잡지사 편집부에도 있다. 앞 문단에서 당신이 잘 모르겠을 느낌의 포지션이 그 역할을 한다. 교정사, 오퍼레이터, 아트팀.

교정사는 말 그대로 에디터가 만들고 편집장이 검수한 원고를 교정하는 사람이다. 이 분들께서 고생해주시지 않으면 반드시 오탈자가 나온다. 오탈자는 피겨 스케이터의 작은 실수가 그렇듯 공들인 페이지의 가치를 큰 폭으로 깎아내린다. 교정사의 역할은 단순히 기계적인 오탈자 검색을 넘어선다. 이들 역시 자신의 문장론과 뛰어난 현장 경험이 있는 전문 기술자다.

이 분들 덕분에 모호한 문장이 명확해지고 앞뒤가 안 맞는 문장이 제대로 된 구조를 갖게 된다. 나는 문장의 기술을 내 첫 직장의 교정사 선생께 배웠다. 이 분들이 마감 기간에 원고를 기다리고 있다. 이 자리를 빌어서라도 감사의 뜻을 전한다.

아트팀 역시 에디터들의 원고를 기다리고 있다. 거의 모든 라이프스타일 잡지사는 전담 편집디자인팀과 함께 일한다. 잡지 편집디자인에 특화된 전문 편집디자이너의 팀을 한국에서 보통 아트팀이라고 한다. 이들을 미술부라고 부르던 고즈넉한 시대도 있었지만 나도 겪어본 적 없는 옛날이다. 아트팀은 잡지의 인상에서 아주 중요한 역할을 한다. 개인적으로는 라이프스타일 잡지의 가장 큰 경쟁력이 아트팀이라고 생각한다. 글이 아무리 좋아도 멋지게 담기지 않으면 읽히지 않는다. 나는 <신동아> 잡지의 훌륭한 기사와 난처한 레이아웃을 볼 때마다 우리 아트팀에게 감사한다. 이 분들도 마감 기간에 원고를 기다리고 있다. 역시 깊은 감사를 전한다.

에디터-교정사-편집디자이너 사이에 오퍼레이터가 있다. 아트팀이 만든 페이지는 A3용지 등의 복사용지에 출력한다. 이걸 대지라고 부른다. 교정사가 이 위에서 붉은펜으로 원고를 수정하거나 이상한 문장에 밑줄을 쳐둔다(구조가 이상하니 고치는 게 좋겠다는 의미다). 에디터는 그 수정사항을 받아서 원고를 고치거나 넘치는 부분을 잘라낸다. 여기까지는 종이 위에서 일어나는 일이다. 이 일을 컴퓨터 앞에서 입력하는 전문 오퍼레이터가 있다. 이 분께서 잘 해주셔야 마감이라는 집단 공정이 쾌적하게 이루어진다는 점에서 굉장히 중요하다. 역시 늘 감사하고 있다.

감사하는 마음과는 달리 원고는 잘 되지 않는다. 창작의 고통처럼 그럴싸한 말을 붙이려는 게 아니다. 마감 끝 무렵이 되면 잡지 에디터들의 체력과 정신력은 철사가 보일 정도로 다 쓴 타이어처럼 닳아 있다. 교정사, 오퍼레이터, 아트팀은 모두 완성된 원고가 없으면 할 수 있는 일이 없다. 난처한 기분을 느끼며 원고를 하나씩 만들어나간다. 커피를 마셔 가면서, 편의점에서 파는 옥수수전분이 섞인 소시지를 먹어가면서 조금씩, 천천히, 고통스럽게.

그러다 보면 가끔 이상하게 웃음이 나올 때도 있다. 우리 팀에서든 옆 팀에서든. 이쪽 업계에서는 이걸 밤샘하이high라고 부른다. 왜인지는 모르겠지만 밤의(또는 잠을 안 잤을 때의) 어느 시점이 되면 정말 아무것도 아닌 일에도 미친듯이 웃거나 작은 일에 이상하게 집착하거나 평소라면 안 들을 노래를 계속해서 듣게 된다. 마감이 끝나면 그 노래는 쳐다보지도 않는다.

코리안 '셉템버 이슈'라는 말을 자세히 설명하면 이렇다. 광복절 새벽에 강남권 인근 어딘가의 사무실에는 백여 명이 앉아 있다. 피곤한 채로, 계속 담배를 피우거나 커피를 마시면서, 마감이라는 공통의 목표를 향해서 페이지를 채워간다.

비슷한 경우로 매년 추석 연휴도 17일 전후에 있다. 추석 연휴의 건물 어딘가에도 고향에 가지 않은 채 일하는 잡지 에디터들이 있다. 이 일을 하는 초년생을 제외하면 보통 14~17일에는 밤 약속을 잘 잡지 않는다. 일이 언제 끝날지 모르기 때문이다.

이런 이야기를 하면 대부분의 친구들은 이해하지 못한다. 공통적으로 두 가지 질문이 따라온다. "꼭 밤을 새야 해?" 그러게 말이다… 싶지만 일이 적지 않으니 어쩔 수 없다. 다음 질문. "왜 언제 끝나는지 몰라?" 잡지 마감에는 늘 예상하지 못한 작은 변수가 있다. 실수와 불운과 피로가 모이면 언제든 예상 밖의 시간 소요가 일어날 수 있다. 그 사실을 모르는 초년생들은 마감 때 실수로 연인과 약속을 잡았다가 크게 싸우곤 한다. 안타깝지만 그런 경험이 있는 잡지 에디터가 적지 않은 걸로 안다.

마감일을 정해두고 밤을 새는 관습 역시 구시대의 유물이
될 가능성이 높다고 생각한다. 월간지 업계는 조금씩 축소되
고 있다. 밤 늦게까지 마감을 하는 사람들도 조금씩 적어지고
있다는 뜻이다. 이 업계에도 종이 잡지를 마감하다 디지털 콘
텐츠를 만드는 쪽으로 넘어간 사람들이 있다. 그들은 14일이
든 16일이든 7시쯤 되면 산뜻하게 집에 간다. 8월 15일엔 안 나
온다. 그래도 좋은 기사가 나온다. 그들을 볼 때마다 생각한다.
내가 지금 하는 건 말하자면 카세트테이프 같은 걸지도 모르
겠구나. 언젠가는 이 매체를 둘러싼 모든 게 거의 없어질지도
모르겠구나. 그런 생각을 하며 손가락을 움직이고 대지를 확인
하다보면 마감이 끝난다.

마감이 끝나고 사무실에 나와 보면 쓰레기통이 비워져 있
다. 깨끗한 쓰레기통을 볼 때마다 마감이 끝났다는 걸 실감한
다. 영화 <퍼시픽 림>의 마지막 장면이 떠오르기도 한다. 거대
괴물을 물리친 장군은 다시 전쟁 시계를 켠다. 또 괴물이 올 거
라는 이야기다. 우리의 일도 크게 다르지 않은 것 같다. 잡지가
괴물은 아니지만 가끔 괴물처럼 느껴질 때는 있다. 나만 그런
건지도 모르지만.

마감에도 상큼한 사실이 있다. 반드시 끝난다는 점. 끝나

고 나면 또 한 달이 한 권의 책으로 묶여 나온다는 점. 다행히 <에스콰이어>를 비롯한 모든 잡지는 잘 마감될 것이다. 9월 20일이면 열심히 만든 10월호가 나온다. 쓰레기통도 깨끗해져 있겠지.

어떤
잡지 에디터가
산 것들

외국 벼룩시장에는 좋은 물건이 숨어 있다는 식의 이야기가 잡지에 종종 쓰이던 때가 있었다. 나는 그 말을 믿었다. 안 믿을 이유가 없잖아. 그 믿음을 품고 처음 갔던 해외 벼룩시장이 런던의 포토벨로 마켓이었다. 거기서 10파운드쯤 하는 필름 카메라를 사서 한국으로 돌아왔다. 지금 생각하면 당연한 귀결인데 카메라는 필름을 넣어도 작동하지 않았다. 오래된 필름 카메라를 전문으로 수리해주는 곳을 찾아갔다. 사장님은 조금 난처해했다.

"부품이 없을 거예요. 그리고 부품을 어떻게든 구한다 해도 이걸 고쳐 쓸 필요가…."

"안 흔한데 귀한 물건은 아니란 말씀인가요?"

"그렇죠."

외국 벼룩시장에 좋은 물건이 숨어있을 확률은 복권 당첨 확률보다 낮다. 실제로 호주에서였나, 예거 르쿨트르* 빈티지가 벼룩시장에서 나타나자 해외 토픽 뉴스로 나왔다. 나는 머리가 나쁜 편이라 내 자원을 써야 몸으로 이해할 수 있다. 몇 년 동안 외국의 벼룩시장을 돌아다니면서 내 안에서 천천히 결론이 자

●   스위스의 컬트적인 고급 시계.

라나기 시작했다. 그 결론은 다음과 같다. 안 가도 된다.

모든 사람들이 나 같은 건 아니지만 아무튼 라이프스타일 잡지의 에디터들은 쇼핑을 좋아하는 것 같다. 어느 정도는 불가피하다. 어부가 바닷바람에 노출되듯 우리도 물건에 노출된다. 물건을 구경하고 그걸 사진가와 함께 예쁘게 찍거나 그에 대한 원고를 만드는 게 잡지 에디터의 일 중 하나다. 좋은 물건에는 그 자체로 사람을 부르는 힘이 있는 것 같다. 만져보면 아는 좋은 소재가 있다. 잘 몰라도 좋아 보이고 알면 더 좋아 보이는 디자인이 있다. 그것들을 조합해 물건을 만들어낸 사람들의 이야기가 있다. 안 갖고 싶어지기가 쉽지 않다.

나부터가 꽤 그랬다. 아무 물건이나 쓰기 싫을 때가 있었다. 그 경향이 한창 심할 때 나를 데리고 계셨던 편집장님은 내가 뭔가를 걸치거나 들고 올 때마다 싱글싱글 웃으며 물어보곤 했다. "이건 또 무슨 뼈대 있는 물건이니?" 나는 부끄러운 줄도 모르고 신나게 이야기해드렸다. 남이 딱히 재미있어할 이야기는 아닌데. 여기저기 신세만 지고 폐만 끼치고 살았다는 걸 새삼 깨닫는다.

신나게 이야기했던 물건 중 대표적인 것으로 자동차 휠이 있다. 그때 1994년식 프라이드를 탔다. 차체가 썩지 않았다는 걸 빼고는 모든 게 무척 낡았다. 얼마 되지도 않는 월급의 일부를 털어서 그 차를 조금씩 새 차처럼 만들기 시작했다. 최대한 순정 상태로 만들되 딱 하나만 좀 달리해보고 싶었다. 그게 휠이었다. 그 차와 딱 맞는 바퀴를 찾기 위해 일본 옥션을 몇 달이나 봤다. 좋은 건 비쌌고 싼 건 내키지 않았다. 그러다 1970년대에 람보르기니에 들어가는 휠을 납품하던 크로모도라의 휠을 봤다. 실제로 당시 람보르기니에 들어가던 휠과 같은 별 모양이었다. 소재도 경량 고가 소재인 마그네슘(마그네슘은 가벼운 대신 깨지는 성격이 있어 요즘 휠엔 잘 안 쓴다)이었다.

간지럼 잘 타는 사람의 겨드랑이처럼 나는 이런 이야기에 너무 약하다. 그 후로 몇 달 동안 크로모도라를 찾았다. 그때는 일본어 타자를 치려면 별도의 프로그램을 받아야 하던 때라서 '크로모도라'의 일본어를 저장해 두고 검색할 때마다 붙여서 찾았다. 이것도 적당한 물건 구하기가 쉽지 않았다. 좋은 건 비싸고 싼 건 한 짝이나 두 짝밖에 없었다.

몇 달을 기다리다 겨우 가격이 적당하고 4개 다 있는 걸 배편으로 주문했다. 그걸 새로 도색해서 끼우고 싶은데 당장 돈은 없어서 몇 달을 기다리다 겨우겨우 돈을 마련해 끼웠을 때…의 기분이 아직도 선명하다. 기쁨과 '이렇게까지 했어야 했나' 싶은 마음이 5:5 정도로 왔던 것 같다.

그러다 보니 저축은 남 이야기였다. 세상은 넓고 좋은 물건은 너무 많고 한국은 각국과 FTA를 체결해 좋은 물건을 지구 단위로 찾아볼 수 있었다. 몽골에서 파는 낙타털 담요를 찾아본 적도 있다(다행인지 불행인지 사지는 않았다). 빚을 지지 않은 게 용하다 싶을 정도로 몇 년 동안 신나게 물건을 샀다. 사실 신나지만은 않았다. 스트레스를 소비로 풀었던 것 같기도 하다. 나도 모르는 택배를 받은 적이 몇 번 있었다. 스트레스가 심할 때 내가 주문했던 물건이었다. 다행히 그때 샀던 뉴밸런스도 아직 잘 신고 있다.

"왜 너는 돈 주고 쓰레기를 사냐?"라는 말을 엄마에게 들은 적이 있다. 그 말이 너무 절묘하면서도 웃겨서 한참을 기억하고 있었다. 그런데 이 일을 계속 할수록 그 말의 의미가 조금씩 달라졌다. 물건을 사서 집에 두는 일이 다 뭔가 싶어지기 시작했다. 누가 좋다고 알아주는 물건들도 아니었다. 내가 그 물건들을 다 돌볼 여유가 있는 것도 아니었다. 아무데도 쓸데없는 물건을 결제하는 순간에 중독된 건 아닐까 싶어지기 시작했다.

라이프스타일 잡지 업계를 벗어나고 싶던 때가 있었다. 물

"이건 또 무슨 뼈대 있는 물건이니?"
나는 부끄러운 줄도 모르고 신나게
이야기해드렸다.

건이 다 뭔가, 취향이 다 뭔가, 물건의 보드라움만 따라다닌 지난 몇 년 동안 나에게 남은 게 뭐가 있나, 이런 허무가 새벽의 한기처럼 내 몸을 감싸고 있었다. 나는 머리가 좋은 편이 아니라서 고민이 길어지자 좋은 잡지사에 다니고 있으면서 앞날 계획도 없이 그만뒀다. 그때까지 모으고 있던 빈티지 붐박스*를 다 버렸다. 엄마가 표현한 돈 주고 산 쓰레기가 그 붐박스였다. 실제로 모양만 보고 사서 작동이 안 되던 것도 많았지만 그 물건에는 성능 이상의 멋이 있었다. 80년대 물건다운 튼튼함과 견고함, 거기 더해 디자인 전반에 뭔지 모를 낙관이 있었다. 그걸 다 버렸다.

일을 그만두고 다른 회사에 들어갈 수 있었다. 운이 좋아 과분한 대접을 받으며 보통 직장인처럼 일했다. 아침에 출근하고 저녁에 퇴근하고, 강남 대신 시내로 출퇴근했다. 그 세계는 내가 살던 세계와는 너무 달랐다. 물건에 의미를 넣는 사람도, 월급을 떠올리면 살 수 없을 정도로 비싼 물건을 아무렇지도 않게 사는 사람도 없었다. 나보다 훨씬 평생 성실하게 살면서 저축도 많이 한 듯한 사람들이 대중교통으로 출퇴근하면서

●   휴대용 오디오

흔한 점심을 먹었다. 그 세상을 보면서 많이 배우고 반성했다. 세상에는 담백하고 건실하게 열심히 사는 사람들이 아주 많이 있구나. 나처럼 살면 안 되는 거였구나. 이런 생각들을 하면서 시청역에서 내려서 마을버스를 타고 회사에 갔다.

그 일을 계속 했다면 적어도 이런 제목으로 연재물을 내고 있지는 못했을 것이다. 이런저런 우연과 결심이 겹쳐 나는 라이프스타일 잡지 업계로 돌아왔다. 업계로 돌아오기나기 직전부터 나는 태어나서 처음으로 저축이라는 걸 하기 시작했다. 딱히 이유는 없다. 살 때만 기분 좋은 물건들을 사니 나를 묶어주는 장치가 있는 게 더 나을 것 같았다. 뭐든 적당히 할 때가 제일 즐거운 거 아닌가 싶기도 했다.

여전히 좋은 물건을 좋아한다. 이 일을 한 덕에 분에 넘칠 정도로 좋은 물건을 아주 많이 구경할 수 있었다. 그 때문에 나는 좋은 물건이 삶의 전부까지는 못 돼도 일상 정도는 즐겁게 해줄 수 있다는 사실을 알아버렸다(이 업계의 많은 분들이 그 사실을 잘 알고 계시지 않을까). 반면 내 예산은 뻔하다. 나이가 더 들수록 취미나 취향에 쓰는 돈도 더 줄어들 것 같다. 그렇다면 물건에 돈을 쓸 때 어디에 집중해야 할까. 디자인? 브랜드? 트렌드? 이미지?

나는 밋밋하게도 소재에 신경을 쓰게 되었다. 유행을 지난 색이나 유행 지난 디자인은 있어도 좋은 소재의 촉감에는 유행이라는 게 없는 것 같았다. 그러다 보니 나는 좋은 종이를 사기 시작했다. 서구권이나 아시아의 큰 도시에는 고급 지류가게를 쉽게 찾을 수 있다. 그런 가게에서는 편지지나 일반 인쇄용지나 편지봉투 같은 걸 자신들이 만든 종이로 제작해 판다. 국가나 브랜드마다 종이의 질감과 촉감이 조금씩 다르다. 색지일 경우에는 비슷한 색이어도 채도나 명도가 조금씩 다르다. 색감과 촉감 같은 것을 느끼다 보면 그 회사의 세계관, 그를 넘어 그 회사가 속한 국가의 세계관이나 미감도 엿볼 수 있다. 아니, 그냥 내 의견이다. 그 의견으로 내 소비를 정당화한다. 다 쓰지도 않은 종이가 꽤 된다.

그러다 보니 외국 벼룩시장을 신뢰하지 않으면서도 결국 다시 중고나 빈티지를 보기 시작했다. 좋은 소재와 상대적으로 저렴한 가격을 찾다보면 남이 쓰던 물건에 이르렀다. 여전히 좋아하는 물건들을 종종 산다. 옛날 울 니트(터무니없이 거칠고 두껍다)나 옛날 챔피온 스웨트셔츠(암홀이 터무니없이 넓다), 오래된 자동차 같은 것들을. 최근 산 것 중 가장 마음에 드는 건 작년에 산 아일랜드 대리석 북엔드다. 잉글랜드 톤턴의

앤틱 마켓에서 흥정에 흥정을 거듭해 약 20파운드쯤 준 것 같다. 말이 북엔드지 그냥 돌이다. 그걸 또 잘 싸오겠다고 하이버리의 어느 펍에서 축구경기를 기다리며 비닐봉지로 꽁꽁 싸맸다. 그 북엔드는 아직도 내 방 안에 있다. 한국에서 쉽게 보기 힘든 초록색 빛이 도는 멋진 북엔드다. 여전히 나는 안 흔하고 귀하지도 않은 것들을 사서 쓰고 있다. 사람은 잘 변하지 않는 것 같다.

인터넷은
잡지업계를
망가뜨렸을까

"옛날이 지금보다 훨씬 좋았어", "너희들은 지금 일해서 힘들 겠다", "지금은 잡지 일을 하기 참 힘든 세상이야" 같은 말을 일하면서 적지않게 들었다. 이 말에서 느껴지는 기운처럼 지금의 한국 잡지업계가 종전의 호황은 아니다. 여기서 정확한 수치를 밝힐 수는 없지만(사실 내 위치에선 정확하고 자세한 수치를 알 수도 없다) 저런 말만으로도 업계의 분위기를 짐작하실 수 있을 거라 생각한다.

결국 이야기를 하다 보면 인터넷이 잘못한 것처럼 몰린다.

"인터넷에 기사가 공짜로 도니까 사람들이 잡지를 안 사잖아." "사람들이 다 인터넷에 들어오니까 광고주도 종이 매체에 광고 집행을 안 하지." "인터넷은 빠르니까 매달 만드는 잡지 기사가 속도에서 밀리지." "인터넷의 짧은 글에 익숙해진 사람들이 긴 글을 읽는 능력을 잃어버렸어." "인터넷에 검색하면 다 나오는데 뭐하러 잡지를 찾아서 보겠어?" "스마트폰으로 인터넷 게임만 하고 있는데 사람들이 잡지 볼 시간이 있겠어?"

이건 좀 다른 이야기인데 몇 년 전 한국을 찾는 중국 여행자가 급감했다. 흔히 사드가 이유로 지목됐다. 사드 때문에 중국 여행자가 오지 않는다. 사드 때문에 중국 여행자가 오지 않으니 면세점에 사람이 없다. 사드 때문에 호텔 방이 빈다. 세상은 이렇게 단순하지 않다. 바깥에서 일어나는 일 하나로 모든 결과가 틀어지지도 않는다. 한국 여행 수요가 줄어든 건 사드 때문이 아니라 한국 여행이라는 상품의 경쟁력이 별로 높지 않기 때문이다. 사드 관련한 소동이 일어나기 전부터 한국에 다시 오지 않겠다는 설문조사 결과가 나왔다. 외부 요인은 뭔가를 가속화시킬 수는 있어도 없던 움직임을 만들지는 못한다. 인터넷이 잡지를 망가뜨렸냐고 묻는다면 나는 눈을 크게 뜨고 (별로 눈이 크지는 않지만) "아니요?"라고 대답할 것이다.

잡지업계가 예전 같지 않다는 말은 잡지사의 매출이 떨어졌다는 뜻이다. 잡지사의 매출이 떨어졌다는 말을 확인하고 싶다면 잡지를 비롯한 인쇄매체가 돈을 버는 구조를 볼 필요가 있다. 인쇄매체는 크게 두 가지로 돈을 번다. 하나는 판매다. 한 부나 한 권에 얼마 하는 잡지를 얼마나 파느냐다. 나머지 하나는 광고다. 한 페이지에 얼마 하는 광고를 광고주에게 판매해서 돈을 번다.

지금은 이 수익모델이 망가진 상황이다. 사람들이 인쇄매체를 사보지 않으니 판매수익이 줄어든다. 동시에 판매부수가 나오지 않으니 매체의 영향력도 줄어든다. 영향력이 줄어드니 광고 트레일러로의 가치도 줄어든다. 판매수익과 광고수익이

동시에 떨어지는 악순환이 일어난다.

엄밀히 말하면 예전 같지 않은 건 잡지업계일 뿐이다. 업계라는 말은 모호하고, 숫자로 표현되는 세상에는 종종 중요한 디테일이 빠질 때가 있다. 세계적으로 봤을 때 지금 잡지업계에 있는 모든 잡지가 잘 안 되고 있다고 볼 수는 없다.

다만 많은 회사와 거의 모든 매체가 혼란스러워한다. 2014년, 종이신문의 제약에서 벗어나 디지털 뉴스 생산에 모든 역량을 투여하겠다는 '<뉴욕타임스> 혁신보고서'는 저널리즘의 혁신 사례로 유명하다. 하지만 이 보고서는 <뉴욕타임스>의 혁신 성공 보고서가 아니라 시도 보고서다.

솔직히 말하면 지금 세계의 대형 텍스트 기반 언론사 중 인터넷 시대에 확실한 수익을 내는 방법을 찾은 곳은 아직 없다. <뉴욕타임스>, <가디언> 모두 새로운 플랫폼 시대에서 안정적으로 "우린 이렇게 시대에 적응했다"고 말할 수 있는 방법을 찾지 못했다. 따라할 구석이 없는 한국의 언론사들이 고전하는 이유이기도 하다.

영상이 대중화되기 전 20세기의 메시지는 레코드판과 종이책에 담겨 전파됐다. 인터넷 시대가 되자 저 둘 역시 새로운 미디어에 밀려나기 시작했다. 이들은 스스로를 사치품의 영역으로 올려놓으면서 나름의 활로를 찾았다. 기술적인 열등함을 아날로그의 손맛 같은 말로 꾸미면서 불편한 체험을 우아한 사치로 승화시켰다. 어떤 사람은 행동이나 물건 안에 이야기를 집어넣는 재주가 있다. 어떤 상품은 그 상품을 둘러싼 이야기가 얼마나 그럴싸하느냐에 따라 성공과 실패가 결정된다. 어떤 물건을 감싸는 이야기가 달라진다면 그 물건의 가치도 달라진다. LP처럼.

지금은 자기가 무엇을 파는지 아는 잡지들에게는 아주 좋은 시대다. 인터넷 덕분이다. 지금은 인터넷을 통해 그 잡지의 브랜드가 어느 때보다도 빠르고 멀리 퍼질 수 있다. 인터넷을 재료 삼는 전자상거래를 통해 해외의 잡지도 어느 때보다 쉽고 저렴하게 구할 수 있다. 이건 업계가 위태롭다는 사실과는 전혀 별개다. 개별 업체가 잘 해나간다면 잡지와 인터넷은 어느 때보다도 좋은 조합을 이룰 수 있다. 지금의 인터넷은 단말기를 통해 그래픽화된 정보를 전달하는데, 잡지의 많은 요소들이 비주얼 그래픽으로 이루어져 있기 때문이다.

인터넷 때문에 잡지가 잘 안 된다는 건 어불성설이다. 환경이 예전 같지 않다는 말은 더 그렇다. 같은 강물에 두 번 발을 담글 수 없다. 늘 똑같은 환경은 어디에도 없다. 매출 구조 같은 것도 상황에 따라 언제든지 바뀔 수 있다. 테니스 선수 로저 페더러는 나이가 들자 경기 시간을 최대한 효율적으로 운영하는 방식으로 전략을 바꿨다. 센스는 그대로지만 신체적인 노화는 긴 시간을 견딜 수 없기 때문이었다. 아이유도 '마시멜로' 같은 노래에서 시작해 지금은 오혁과 '사랑이 잘' 같은 노래를 부른다. 환경은 환경일 뿐이다.

사람은 여전히 읽는다. 여느 때보다 많이 읽는다. 스마트폰과 무제한 인터넷 요금제와 SNS 덕분이다. 하루에도 몇 번씩 사람들은 페이스북 피드와 각종 유머게시판과 네이버 기사 등등의 채널을 통해 온갖 뉴스와 글을 접한다. 좋은 뉴스나 글은 칭찬하고 공유한다. 나쁜 뉴스나 글은 여기저기 돌려보면서 비웃고 욕한다. 그 과정이 조금 소란스러울 수도 있지만 지금 사람들은 유사 이래 가장 많이 쓰고 읽고 토론한다고 볼 수도 있다.

사실 사람들은 정보를 접하기 위해 돈도 계속 쓴다. 잡지사나 언론사나 서점에게 쓰지 않을 뿐이다. 사람들은 이제 정보를 구매하기 위해 통신사에 돈을 낸다. 무제한 인터넷 요금제 말이다. 사람들이 책을 사지 않아도 통신사에 데이터요금을 내기 때문에 사람들이 즐길거리를 구매하는 비용 자체는 거의 줄어들지 않았다는 말도 있다.

욜로처럼 촐싹맞은 어감의 유행어가 시대정신인 요즘 한 달에 몇 만 원을 좋은 잡지에 못 쓴다는 건 앞뒤가 잘 안 맞는다. 집은 못 사도 차는 사고 맛있는 걸 먹고 해외여행을 가는데 한 달에 1만 원짜리 잡지를 못 사는 게 인터넷 탓일까, 나는 잘 모르겠다.

거기다 사람들은 더 똑똑해졌다. 더 많이 쓰고, 더 많이 읽고, 더 많이 토론하고, 돈도 쓰고, 여행처럼 이런저런 체험도 많이 한다면 똑똑해지지 않을 수가 없다. 흔히 인터넷이 퍼지면서 사람들이 긴 글을 안 읽게 됐다는 말도 하는데 내가 체험하기로는 반대다. 사람들은 긴 글을 끝까지 읽고, 성의 있는 답글을 달고, 내가 간과했던 일에 대해 타당한 질문을 던진다. 지금의 이 글을 여기까지 읽는 당신이 그 증거일지도 모르겠다. 축약어나 간헐적인 욕설처럼 눈에 당장 보이는 것과 통찰력의 날카로움은 전혀 다른 이야기다. 나는 진지하게 21세기 최고의 텍스트 웹 콘텐츠 중 하나는 네이버 베플이라고 생각한다.

일본에서 독립적으로 패션잡지를 운영하는 사람에게 SNS에 대해 물어본 적이 있다. 작은 잡지에게 SNS가 위협이 되지는 않느냐고. 그의 대답은 정반대였다. SNS는 잡지에게 아주 큰 도움이 될 거라고. 그 잡지의 캐릭터가 빠르게 퍼져나갈 수 있으니까. 어느 동료가 해준 이야기도 있다. 그는 영국의 사진가와 인터뷰를 주고받는 중 이런 질문을 했다고 했다. 잡지가 지금 불경기인데 사진 하는 입장에서 어려운 점을 느끼지는 않냐고. 사진가는 이렇게 답했다고 했다. 무슨 말을 하는지 모르겠다고. 내 생각에 잡지의 전성기는 지금이라고. 지금처럼 다양한 잡지가 생긴 적이 없었다고. 이 이야기도 다 인터넷으로 나눴다.

섭외 이야기

매월 20일이 지나고 이런저런 잡지가 나오면 잡지 에디터들은 인사치레처럼 이런 말을 나눈다. "어디는 누구 했대." 어떤 유명인을 섭외해 인터뷰를 성사시켰다는 뜻이다. 내가 지금 일하는 에스콰이어의 최신호를 예로 들면 "이달 에스콰이어는 이제훈 했더라. 표지는 장동건 하고", "에스콰이어 예은 했어", "송하윤 에스콰이어 했네", "에스콰이어는 주진우 했던데" 등이 있다. 예로 들었지만 실제로 <에스콰이어>에 다 나온 인터뷰이니 관심 있으신 분들은 한번쯤 보셔도 좋겠다.

잡지는 아우구스티누스의 《명상록》 같은 개인적 독백이나 회상이 아니다(독백이나 회상으로만 잡지를 만들어서 잘 된다면 그건 다른 의미로 대단한 경지겠지만). 지금 눈여겨볼 만한 사람을 찾아내 카메라 앞에 세워서 사진을 만들고 이야기를 나눈 후 그걸 정리해 페이지로 만드는 건 잡지에 생기를 주는 요소 중 하나다. 사람들이 지금 인기 있는 사람에게 관심을 가지니 중요할 테지만 매체의 섭외는 그 이상의 의미를 갖는다. '우리는 이런 사람을 섭외해서 이런 인터뷰 페이지를 만든다'는 건 잡지의 이미지로 이어진다. 꼭 카메라 앞에 세운다기보단 취향 따라 앉히거나 눕힐 수도 있겠고.

유명인 섭외는 여러 모로 중요하다. 유명인이 섭외에 응해

준다면 덩달아 매체의 이미지도 올라간다. 버락 오바마나 에마뉘엘 마크롱이 <에스콰이어> 한국판과 단독 인터뷰를 한다면 <에스콰이어> 한국판의 이미지도 조금은 달라질 것이다. 반면 크게 재미가 없거나 유명하지 않은 사람에게 너무 많은 지면을 할애한다면 매체의 신뢰도도 조금은 떨어진다. 잡지를 읽는 여러분도 '아니 이 사람이 뭐라고 지금 몇 페이지나 나오고 있는 거야. 하고 있는 이야기도 시답지 않은데' 같은 생각을 해본 적이 있을 것이다. 당신의 의견이 바로 매체의 이미지다. 당신의 의견은 우리에게 중요하다.

섭외는 대체로 잘 안 된다. 사람들이 관심을 가질 만큼 유명한 사람은 정해져 있으며 수가 많지 않다. 수요와 공급의 논리에 따라 매체와 유명인 중 유명인이 더 유리해진다. 지금은 역사상 유명인에게 가장 유리한 상황이다. SNS 플랫폼의 영향력이 어느 때보다 크기 때문이다. 유명인이 되면 매체를 여러모로 이용할 수 있는 데다 자기 자신이 매체가 될 수도 있다. 유명인에게는 축하할 일이고 매체에게는 상황이 더 까다로워진 셈이다. 그러니 인맥이 잡지기자에게 중요하냐고 묻는다면 아니라고 할 수는 없다. 대형 매니지먼트 회사 연습생 출신이라서 그 회사의 온갖 사람들을 섭외해올 수 있다면 확실히 이 일을 하는 데 도움이 될 것 같다. 꼭 섭외 때문이 아니라도 아는 사람이 많다는 건 이 일을 하는 데에 도움이 된다.

꼭 섭외를 인맥으로 하는 건 아니다. 다른 걸로도 할 수 있다. 예를 들어 문필력. <에스콰이어>에서 내 옆자리에 앉아 있는 정우성 선배는 모르는 사람에게 메일을 보내 섭외에 성공한 적이 몇 번 있다. 글을 잘 쓰면 그렇게도 할 수 있구나 싶어서 감탄하곤 한다.

그 반대편에 버티기 섭외가 있다. 요즘 이쪽 잡지에서는 잘 하지 않지만 몇 년 전만 해도 주부지에서는 버티기의 위대한 전통이 남아 있었다고 들었다. 버티기라고 하면 우악스러워 보이지만 사실은 버티기야말로 노하우와 끈기와 체력과 의지력이 필요한 종합예술적 기술이다. 취재원의 아파트 베란다에서 보일 법한 놀이터에 3일 연속으로 가서 앉아 있는다든지, 대답하려 하지 않는 취재원의 차 번호를 알기 위해 계속 대기한다든지, 주부지의 '눈물고백' 뒤에는 그만큼 눈물겨운 버티기가 있다.

섭외는 교통상황이나 날씨를 모르고 차를 몰고 서울 시내의 목적지까지 가는 것과 비슷하다. 어느 상황에서 어디가 막힐지는 모를 일이다. 일을 진행하다보면 우연에 우연이 겹쳐서 난처한 일이 일어나기도 한다. 출근길이 으레 그렇듯 그게 섭외에서 가장 어려운 점이다. 노동량을 계산할 수 없다는 점. 섭외의 노동량이 어떨 때 1이라면 어떨 때는 10이다. 다음에는 5가 되었다가 3이나 2가 되기도 한다.

유명인 섭외라면 본인 섭외가 전부가 아니다. 매니저와 연락이 안 될 때가 있다. 연락이 된 매니저가 까다롭게 굴 때가 있다. 스타일리스트, 헤어·메이크업 아티스트, 어디서든 기분이 상할 준비가 된 사람들이 있다. 물론 함께 일하는 대부분의 사람들은 사려 깊고 선량한 프로페셔널이다. 다만 일이 꼬이려면 어떻게든 꼬일 구석이 있다.

영화는 만들어지는 과정이 예술이라는 말이 있다. 섭외도 어느 정도는 그런 면이 있다. 여러 사람이 특정한 시간에 한 곳에 모이는 게 그 자체로 보통 일이 아니기 때문이다.

인터뷰 촬영을 예로 들어보면 대충 이런 식이다. 특정 인물을 특정 사진가가 촬영하기로 한다. 인물이 사진가를 지정하는 경우도 있고 사진가 이름을 들어보고 바꿔달라는 사람도 있다. 아무튼 사진가가 정해지면 사진가의 일정을 맞춰야 한다. 사진가의 일정을 맞추고 나면 스튜디오에서 촬영할지 아니면 야외에서 촬영할지 정해야 한다. 그동안 유명인이 무엇을 어떤

섭외는 교통상황이나 날씨를 모른 채 차를 몰고
서울 시내의 목적지까지 가는 것과 비슷하다.
어느 상황에서 어디가 막힐지는 모를 일이다.

분위기로 입을지 해당 인물의 스타일리스트와도 협의를 거쳐야 한다. 이런 곡절이 끝나고 특정 장소에서 사람들이 다 모이면 무슨 기공식이라도 하는 기분이다. 건물 만드는 일 같은 건 얼마나 어려울까 싶다.

여태까지 말한 건 유명인 섭외다. 섭외는 그게 전부가 아니다. 유명인과 함께 촬영하는 장소 섭외도 있으며 특정 장소 자체를 소개하기 위한 섭외도 있다. 그런 일도 유명인 섭외와 기본적으로는 똑같다. 우리 쪽에서 소개하고 싶을 만큼 매력적인 뭔가를 가진 곳이 있다. 그쪽에서도 보여주고 싶어하는 이미지가 있다. 그 이미지를 미세하게 맞춰가는 과정이 섭외하는 동안 일어난다. 순간순간 내가 부족해서 실수하거나 피로해질 때는 있지만 막상 하고나면 왠지 상쾌해지는 것도 이 직업의 매력인 것 같다.

세상의 많은 일이 그렇듯 섭외에는 정석도 패턴도 없다. 인맥이 넓거나 글을 잘 쓰거나 끈질겨서 이 셋을 계속 반복하다 보면 섭외가 어느 순간 되어 있는 것 같다. 그런데 생각해보니 꼭 잡지 일을 안 해도 이런 재주가 있다면 사는 데 도움이 될 수도 있겠다. 섭외의 노하우도 당연히 잘 모르겠다. 그냥 지금은 부탁하고 거절당하는 게 이 직업의 일부라 여기고 있다. 모든 사람의 직업 활동에도 거절당하는 게 어느 정도는 포함되어 있으니 딱히 징징거릴 일은 아니라고 생각한다. 섭외 건이 몇 개씩 겹치고 그 몇 개가 각자의 사정으로 삐걱거릴 때는 고통스럽긴 하지만 세상에 고통 없는 재미가 어디 있겠나. 이런저런 과정 끝에 섭외가 되어 마주앉은 사람이 멋진 말을 해주었을 때의 기분은 여러모로 짜릿하다.

가끔 동료나 선후배들끼리 모여서 누구를 섭외하고 싶은지 이야기를 나눌 때가 있다. 그럴 때 다들 표정이 들뜨는 걸 보면 다들 좋아서 이 일을 하고 있구나 싶어진다. 나도 인터뷰를 해보고 싶은 사람이 있다. 무라카미 류와 존 르 카레*다. 이 둘 중 하나만 인터뷰할 수 있으면 여한이 없을 것 같다. 둘 다 하면 더 좋고.

● 영국 소설가, ≪추운 나라에서 돌아온 스파이≫, ≪팅커, 테일러, 솔저, 스파이≫ 등의 작품을 통해 스파이 소설의 한계를 뛰어넘었다는 평가를 받는 첩보 스릴러 장르의 대가.

편집은
신의 일

동네에 좋아하는 김밥집이 있다. 김밥만 팔고 포장판매만 한다. 그런데도 식사 시간엔 기다려야 할 정도로 인기가 많다. 그 집 김밥은 맨 끝에 오이나 당근이 좀 길게 빠져나와 있다. 김밥의 완성도에 미적 요소가 포함된다면 그 부분은 자르는 게 낫다.

동시에 그쪽 부분만의 맛도 있다. 다른 부분보다 덜 다듬 어졌지만 재료는 더 많이 들어갔으니까. 그 집 김밥을 포장해 와서 먹을 때마다 남는 부분을 보며 생각한다. 완성도란 게 무 엇일까. 어디에 더 점수를 줘야 할까.

이번 주 원고를 생각하며 김밥을 먹다보니 이 일도 내 일 과 큰 차이가 없겠다 싶었다. 실제로 페이지를 만들어 출고하 는 건 김밥을 말아서 접시 위에 올리는 것과 비슷할 수도 있다. 김밥을 이루는 몇 가지 재료가 있다. 마찬가지로 원고, 사진, 일 러스트 등 페이지를 채우는 몇 가지 요소가 있다. 어떤 요소를 얼마나 넣느냐에 따라 페이지의 분위기가 달라진다. 김밥에 어 떤 걸 얼마나 넣느냐에 따라 짠맛이나 포만감이 달라지듯.

그리고 필연적으로 잘리는 부분이 생긴다. 김밥과 내 일의 가장 치명적인 공통점이다. 김밥도 정돈된 모습을 연출해 손님 에게 주려면 맨 끝의 가장자리를 자르고 김이 터지지 않은 부 분만 잘 골라서 접시에 잘 배열해 얹어야 한다. 내 일에도 이 흐름과 비슷한 면이 있다. 글, 사진, 그림, 표 등 페이지를 구성하는 요소가 있다. 하다보면 이런저런 이유로 한정된 페이지 안에 다 담을 수 없는 때가 생긴다. 김밥의 양쪽 끝과 마찬가지로 내가 만들거나 모아온 것도 적당히 덜어내야 한다. 이게 편집이라고 생각한다. 일과 생활의 경계를 희미하게 만들 수 있다는 건 내 직업의 매력이다.

편집할 때 의견과 권한을 가지는 사람이 몇 명 있다. 우선 편집장이다. 이름부터 '편집' '장'이다. 글이 넘치거나 이상한 방향으로 흐르거나 할 때 편집장은 특정 부분을 고치거나 다듬어서 더 나은 글로 만들어준다. 일하는 우리끼리는 종종 '잡지는 편집장의 것'이라는 말을 한다. 회사 일에서의 권한과 책임을 생각하면 이 말은 확실한 사실이다. 원론적으로 최종 출고되는 편집 페이지는 모두 편집장의 검토를 거친다. 잡지가 잘 만들어졌다면 개별 에디터가 잘했을 수도 있지만 편집장이 개별 에디터를 잘 지휘해서라고 볼 수도 있다. 나는 후자라고 생각한다.

글 등의 결과물을 고칠 수 있는 사람은 편집장만이 아니다. 교정사도 원고의 이상한 부분에 의견을 들려준다. 편집부에 따라 각 팀의 팀장이 편집장을 거치기 전에 원고를 먼저 보기도 한다. 누구의 무엇이든 남의 의견은 있는 게 낫다. 모든 원고는 더 나아질 수 있고, 고치면 나아질 수 있는 부분을 나는 볼 수 없다.

정식으로 일을 하기 전 어떤 기업의 사보 편집 아르바이트를 했다. 그 기업 모 과장님의 원고를 고쳤다가 굉장히 큰 항의를 받은 기억이 있다. 그때 깨달았다. 100퍼센트는 아니겠지만 경험상 글재주가 대단찮을수록, 원고를 만든 경험이 별로 없을수록 자기 원고에 남이 손을 대는 걸 싫어한다.

편집장과 교정사와 팀장보다 더 엄격한 편집권은 지면 자체에 있다. 모든 지면은 가로세로의 특정 너비를 지닌 면이다. 그 면에서 여백과 이미지와 제목과 전문前文을 뺀 면적이 글의 분량이다. 종이 잡지에서 이 분량을 넘긴다면 아무리 아름다운 문장으로 가득해도 몇 줄은 지워야 한다. 보통 원고를 넘기다 보면 더 넘치도록 만들 때가 많다. 모자라는 걸 채우는 것보다는 남는 걸 잘라내는 게 편하기 때문이다. 김밥을 쌀 때와 비슷하다고 생각하면 된다. 김보다 단무지가 긴 게 낫지 않을까.

말이 그렇지 잘려나가는 부분이 아까울 때도 있었다. 남들 보기엔 별 것 아니거나 실제로 별 것 아닐 수도 있지만 만든 사람 입장에서는 있는 힘껏 쥐어짜 만들어낸 원고다. 편집장의 지시든, 교정사의 권유든, 지면의 한계든 열심히 만든 걸 없애야 한다면 좀 꺼려질 때도 있다. 아닌 게 아니라 내가 그랬다. 아, 이 부분은 있는 게 더 나을 것 같은데. 폰트를 줄여서 원고를 좀 더 넣어주면 안 되나. 이런 생각을 나도 했다. 글재주가 모자라고 시야가 좁기 때문이었다.

잡지 일의 경우 잘라야 하는 건 원고만이 아니다. 원고를 넣다보니 사진을 넣을 면적이 작아져서 생각보다 작게 실어야 할 수도 있다. 반대의 경우도 있을 수 있다. 원고나 다른 정보를 편집해야 하는 상황은 무척 다양하다. 완성도와 상관없이 논란을 일으키거나 문제를 일으키는 표현이 있을 수도 있다. 그 모든 상황에서 그때그때 최대한 제대로 된 판단을 하는 일 역시 이 일의 일부다.

이 일을 하면서 알게 됐다. 내 원고에 한해서 원고는 자를수록 나아졌다. 어딘가에는 원고를 덜어낼 필요가 전혀 없는 재능도 있겠지만 나는 그 정도가 아니었다. 평소에 나는 주제와 상관없이 쓸데없는 말을 신나게 하는 편이다. 그 습관이 원고에서도 나왔다. 글을 잘라낼수록 원래의 의미가 더 잘 살아났다. 서머셋 모음도 그의 자서전 《서밍 업》에서 말했다. 중요한 이야기를 하기 위해 아닌 부분들을 덜어낸다고. 찰리 채플

린도 '위대한 독재자'를 만들면서 캐릭터의 여러 디테일을 만들었다가 점점 덜어내고 중요한 특징만 남겼다. 서머셋 모음도 찰리 채플린도 덜어냈다는데 어떻게 내가 안 그럴 수 있겠어.

　내 결과물을 외부 편집에 맡기는 건 내 팀을 믿는다는 뜻이기도 하다. 어디까지나 예로 드는 말이지만 원고를 고친다고 가져가서 더 이상하게 만들어오는 편집장이나 팀장이 있을 수도 있다. 다행히 나는 지금 아주 신뢰할 수 있는 편집장과 교정사와 디자이너의 편집을 거쳐 <에스콰이어>의 매 호 페이지를 만들고 있다. 신뢰할 수 있는 팀과 함께 일하는 건 더 말할 필요가 없을 만큼 중요하고 감사한 일이다. 3중 정제필터를 거치는 기분이랄까. 그렇게 정제된 정보를 섭취하는 게 독자의 정신건강에도 더 좋을 거라고 생각한다.

　편집의 제한요소 중 지면에 싣는 분량이 제한되는 점은 종이 매체의 한계로 꼽히곤 했다. 인터넷 매체가 처음 나올 때에도 인터넷 매체는 분량 제한이 없어서 좋다는 말이 나왔다. 실제로 전통적인 스트레이트 뉴스는 마지막 문장이 잘려나가도 좋도록 제작된다. 신문 지면의 제한 때문이다. 급하게 원고를 자르고 지면에 올리려면 미리 정해진 기사 작성 매뉴얼에 맞춰 기사를 만드는 편이 당연히 훨씬 나았다. 신문기사에서 육하원

칙에 맞춰 쓰인 이야기의 구성이 글 초반에 들어가는 이유도, 맨 앞만 남기고 다 잘려도 가장 중요한 정보가 남기 때문이다.

하지만 정보를 정제하고 다듬는 편집 과정은 여전히 필요하다. 근본적으로 지면의 분량에 제한이 없어도 인간의 집중력에는 제한이 있다. 아무리 중요한 기사라도 너무 길면 읽지 않게 된다. 현대 한국인은 이 현상에 '스압(스크롤 압박)'이라는 신조어를 붙였다. 종이 잡지를 통해서 정보가 흘러야 할 당위성은 없지만, 종이 잡지를 만들 때처럼 정보를 편집해야 할 당위성은 충분하다. 요즘 편집의 필요성이 더 커진다. 세상엔 정보가 너무 많아서 누군가는 걸러줘야 하니까.

그래도 가끔은 생각한다. 김밥의 끝에는 그 나름의 매력이 있다. 잘 다듬어진 김밥 가운데 토막에서는 맛볼 수 없는 맛이 있다. 가운데처럼 정갈하지는 않아도 좀 더 생생한 맛이 날 수도 있다. 혹시 나와 우리 팀이 만들어낸 원고에서 잘리는 부분에도 나름의 재미가 있지 않을까. 우리 편집부를 신뢰하고 편집되는 부분이 사라져야 하는 걸 이해하지만 잘려나가는 쪽에도 나름의 맛이 있지 않을까.

잘려나간 부분을 모아두면 어떨까, 라는 생각도 잠깐 했다가 금방 접었다. 마감할 힘도 없는데 자투리 모아둘 여유가 있을 리가. 길게 삐져나온 가장자리는 김밥집에서 먹는 걸로 충분할 것 같다. 연휴가 끝나면 마감이 다가오고 김밥집이 문을 연다. 틈틈이 김밥 끄트머리를 먹으며 마감을 하게 되겠지.

섹스칼럼 같은 건
누가 어떻게 쓸까

언젠가는 적어둬야겠다 싶었으나 부끄러워서 계속 미뤄두던 주제다. 그 이야기를 언젠가 해야 할 거라면 오늘 이야기해야 겠다 싶어졌다. 딱히 이유는 없다. 섹스가 종종 그렇듯.

섹스가 종종 그렇듯, 이유는 없어도 암시는 있을 수 있다. 오늘의 암시는 어느 잡지의 팟캐스트 코너였다. 내가 일하는 잡지에서 팟캐스트를 녹음한 적은 있어도(열심히 살고 있습니다) 남의 잡지까지 가서 게스트로 녹음을 해본 적은 처음이었다. 보통 게스트라면 '○○하는 분'이라는 명제가 있어야 한다. 거 기서 나는 '섹스칼럼을 써온 분'이었다. 불러주신 분들과 즐겁 게 이야기를 나누자 자연스럽게 섹스칼럼을 만드는 나를 돌아 보게 되었다. 여기까지 적으면서 살짝 흠칫했다. 돌아볼 정도 까지 섹스칼럼 경험이 쌓이다니.

나는 처음부터 지금까지 섹스칼럼이란 걸 쓰고 싶던 적이 없었다. 그러다 2012년 창간한 <젠틀맨 코리아>에 들어가게 되었다. 지금도 존경하는 나의 스승 송원석 편집장은 한국어 섹스칼럼계의 요한 세바스티안 바흐와도 같은 사람이다. 그는 인자했고 조용했으나 본인이 지휘하는 잡지에 섹스칼럼이 있 어야 한다는 원칙 앞에서는 바흐의 대위법처럼 엄격했다. 그때 나는 피처팀 막내였다. 맨 위 선배는 미혼 여성, 그 다음 선배는 기혼 남성, 그 다음이 미혼 남성인 나였다. 지금도 존경하는 그때의 선배들은 완곡하나 확실하게 섹스칼럼을 쓰는 걸 거절했다. 나는 거절할 방법이 없었다.

보통 섹스는 사람들의 가장 깊은 사생활이다. 사람에 따라 가장 깊은 사생활은 아닐 수도 있겠지만 내일 날씨처럼 편하게 이야기할 수는 없다. 그걸 캐고 다니는 게 즐거운 일은 아닐 거라 예상했다. 예상대로였다. 남의 사생활을 묻고 다닐 때면 그 자체로 창피해졌다. 묻지 않아도 마찬가지였다. 섹스칼럼을 쓰는 남자 잡지기자라고 하면 가끔 처음부터 경계하는 사람들이 있다. 이해할 수 있었다. 내 성적 경험이나 취향을 공유하는 건 아무래도 쉽지 않은 일이다.

그래서 보통 잡지 에디터들은 섹스칼럼에서 자기 이야기를 쓴다. 이건 더 싫었다. 나의 가장 깊고 진하고 친밀한 시간을 남에게 팔고 싶지 않았다. 친밀한 시간을 남에게 판다는 건 좀 과격한 표현일 수도 있다. 하지만 나는 정말 진지했다. 거기 더해서 내 섹스 경험은 나만의 것이 아니다. 상대도 있다. 그러면 지난 상대와의 경험을 말하지도 않고 적어야 했나? 이런 고민을 말하면 당시의 바흐 편집장님은 미소지으며 대답해주곤 했다. "아유 나 전화 많이 받았어." 나는 그런 전화를 받고 싶지 않았다.

내가 섹스칼럼을 망설였던 건 지금이 21세기이기 때문이기도 했다. 지금은 유사 이래 가장 쉽게 포르노를 접할 수 있는 시대다. 동시에 근거 없는 거짓말이 들통나기도 가장 쉬운 시대다. 기존의 섹스칼럼이었던 근거 없는 포르노성 경험담을 하나 더 만들고 싶지 않았다. 섹스칼럼에 그런 식으로 다가간다면 나는 여자 경험이 1,200명쯤 있다는 네이버 블로거보다 생생한 글을 만들 자신이 없었다.

이걸 떠나서도 21세기의 섹스칼럼은 기본적으로 위험한 일이다. 페미니즘이나 인권 감수성 등 인간을 바라보는 시점이 점점 진화하고 있다. 그에 따라 성적 표현이나 성적 시점에 대한 규제(적 요소)도 점차 강해진다. 자동차회사는 환경규제와 안전규제가 변할수록 규제에 맞춰 차의 특징을 바꾼다. 나 역시 세상이 변하는 걸 최대한 열심히 지켜보면서 그 기준에 맞는 섹스칼럼은 만들려 하고 있다. 섹스칼럼은 잘못 쓰면 읽는 사람을 기분 나쁘게 만든다. 나는 누가 읽더라도 최대한 기분이 덜 나쁜 섹스칼럼을 만들고 싶었다.

내 이야기는 안 한다. 남의 이야기를 물어보고 쓴다. 폭력적인 농담도 안 쓰고 의미 없는 고정관념도 되풀이하지 않는

"아유 나 전화 많이 받았어."

다. 말이야 그럴싸하지만 사실 이런 건 내 스스로 덫을 친 셈이었다. 이런저런 요소를 빼다보니 재미를 줄 수 있는 요소도 다 빠져나가버리고 말았다. 어떤 이야기로 재미를 줘야 할지, 어디서 재미있는 요소를 찾아내야 할지 알 수 없었다.

처음에는 여자들의 이야기를 들으려 했다. 남자 이야기는 다른 남성지에서도 많이 하고, 남자들은 여자 이야기를 궁금해하니까. 몇 년 하다가 이게 근본적으로 안 된다는 걸 깨달았다. 여자들은 가장 친한 친구들끼리도 성적 비밀을 잘 말하지 않는다는 이야기를 들었다. 생각해보면 남자도 다르지 않다. 별로 친하지도 않은 데다 내 말을 어떻게 쓸지도 모를 잡지기자에게 자기의 이야기를 말해줄 확률은 별로 높지 않았다.

섹스칼럼을 만들면서 남이 전해주는 정보의 황금률 같은 것도 깨닫게 되었다. 남이 먼저 정보를 주겠다고 접근하는 경우가 있다. 보통 이런 정보는 재미가 없다. 재미있는 이야기는 어디에 있는지 알 수 없다. 늘 마주치던 말 없는 사람이 어느 날 어떤 자리에서 이야기를 시작했는데 엄청난 재미와 교훈이 있는 이야기를 해줄 수도 있다. 그리고 마지막으로, 정말 재미있는 것은 쓸 수 없다. 활자화해 유통시킬 수 없다. 내가 이 일을 하면서 들었던 가장 재미있는 이야기와 가장 충격적인 경험은 앞으로도 어디로도 나가지 못할 것이다.

　이런저런 과정을 거쳐 나는 생각을 조금 바꿨다. 남자에게 섹스에 대해 물어보기로 했다. 생각해보면 사실 남자끼리도 섹스 이야기는 잘 하지 않는다. 그나마 하는 건 사정 이야기다. 나는 상대방이 있냐 없냐의 여부를 떠나서 상대에 대한 배려 없이 혼자 즐기는 건 사정이나 자위라고 생각한다. 보통 남자들이 하는 이야기란 그 범주를 크게 벗어나지 않았다. 대신 내가 남자라서인지 남자들은 나에게 본인의 속마음을 조금 더 잘 말해주었다.

　어디선가 '21세기 최고의 블루오션은 남자의 성욕'이라는 말을 들은 적이 있다. 나도 어느 정도는 그에 동의한다. 남자의 성욕은 사람들의 생각보다 훨씬 복잡하고 탐구도 덜 되어 있다. 이런저런 생각을 해가면서 나는 섹스칼럼이라는 배당을 해나가고 있었다. 바흐 편집장님의 지도를 받으면서.

　잡지사에서는 몇 페이지로 이루어진 기획 하나를 배당이라고 부른다. 섹스칼럼 역시 일하는 입장에서는 배당의 하나일 뿐이다. 매체를 떠나거나 배당을 받지 못하면 쓸 일이 없다. 나와 바흐 편집장님과 좋은 선배들이 있던 잡지는 몇 년 후에 없어졌다. 일하던 잡지가 없어진 건 당연히 속상했지만 섹스칼럼 배당이 사라진 건 좀 후련했다. 이제 더 이상 생각나지도 않는 기획을 짜내지 않아도 된다. 이제 더 이상 친구와 지인들을 전전하며 남의 이야기를 주으러 다니지 않아도 된다.

이 다음부터 내 주변에 이런저런 일이 있었다. 나는 잠깐 다른 잡지사에서 일하다 그만두고 직업을 바꾸어 보았다가 또 그만두고 프리랜서로 잠시 일하다 <에스콰이어>를 통해 잡지계로 돌아왔다. <에스콰이어>팀으로 돌아오자 책상 위에는 축하의 선인장 대신 섹스칼럼이 나를 기다리고 있었다. 그때나 지금이나 이유는 비슷했다. 선배들은 각자의 이유로 섹스칼럼을 완곡하지만 확고하게 거절했다. 이럴 수가. 또?

대신 그 동안 나도 변했다. 기왕 하기로 한 거 마음을 바꾸기로 했다. 할 수 있는 만큼 품질을 높여 보자고. 사람들을 덜 다치게 하고, 덜 자극적이게 하고도 어느 정도의 재미를 만들 수 있을 거라고. 그런 생각 끝에 지금 만들어지는 <에스콰이어>의 섹스칼럼이 나왔다. 내가 생각하는 <에스콰이어>의 섹스칼럼은 (왠지 유치한 신조어 같아 내키지는 않지만) 17금이다. 조금 야한 라디오 사연 정도의 느낌. 아까 말했듯 지금은 텍스트 말고 다른 곳에서 파격적으로 자극적인 걸 너무 많이 볼 수 있다. 반면 섹스에 대한 이야기 자체가 많지 않은 것도 사실이다. 그래서 가장 많은 사람에게 일어날 수 있는 일들 골라서, 저녁 식사 자리에서도 나올 수 있는 농담 정도로만 자극성을 유지하려 노력하고 있다. 누구와 식사를 하느냐에 따라 다르겠지만.

사실 섹스칼럼을 만들면서 불편한 점이 더 많았다. 연애에서도 스트레스였다. 연인과의 경험을 쓰기도 난처했다. 그렇다고 연인이 있는 채로 다른 사람과 섹스 이야기를 나누는 것도 관계에 좋지 않았다. 섹스칼럼을 쓴다고 말하면 거짓말을 일삼는 영업사원 보듯 조심하는 사람도 있었다. 지금도 최선을 다해 섹스칼럼을 만들고 있지만 언젠가 이 원고를 안 쓴다고 해도 별로 아쉽지 않을 것이다.

섹스칼럼 배당을 받으면서 느낀 점은 있다. 남녀차는 생각보다 적다. 섹스에서의 차이는 남녀차도 연령차도 아닌 개인차다. 모든 개인은 놀라울 정도로 다르다. 무엇이 다른지는 겪어보기 전까지는 알 수 없다. 한번 겪고 나면 다시는 예전으로 돌아갈 수 없다. 그리고 그 과정을 거치면서 깨닫게 된다. 우리 모두는 자기도 모르게 스스로에 대해 거짓말을 할 때가 있다는 것. 적다보니 삶을 배운 것 같기도 하다.

잡지와
연예인

시스코의 노래 '인컴플리트'에는 '잡지 표지에서 나온 예쁜 (여자)얼굴'이라는 가사가 있다. 잡지 표지를 장식할 정도로 아름다운 여자들과 만나는 남자라는 뜻이다. 잡지 표지가 된다는 건 뭔가 의미가 있는 모양이다. 하긴 내 주변을 생각해도 그렇다. 내가 일하는 <에스콰이어>를 비롯해 대부분의 라이프스타일 잡지는 그 시기에 가장 멋지거나 유명한 사람들을 섭외해 표지를 촬영한다. <타임>의 표지만큼은 아니어도 잡지의 표지가 되는 건 어느 잡지든 나름의 문헌학적 의미가 있다.

유명인은 그 자체로 하나의 브랜드라고 봐야 한다. 잡지 역시 특징을 가진 브랜드다. 표지든 내지 인터뷰든, 잡지와 유명인은 각자의 브랜드로 만나 별도의 이미지를 만든다. 확실하게 이미지가 있는 두 브랜드의 협업이라고 봐도 된다. 예를 들어 개그맨 유세윤 씨는 <GQ>에서 좋은 브랜드의 옷을 입고 한창 자신이 하던 동물 흉내를 낸 적이 있다. 아무래도 잡지가 아니라면 구현하기 힘들다.

나도 8월 14일에 어떤 유명인과 인터뷰 촬영이 잡혔다. 명석하고 재미있는 사람이다. 그의 이미지를 잘 보여주기 위해 어느 유럽 매체에서 진행하는 인터뷰 형식을 차용하려 한다. 잘 된다면 그의 기존 이미지에 긍정적으로 하나 더 붙는 이미지가 생겨날 수 있을 것이다(이날 촬영한 연예인은 유병재 씨였다. 사진 형식은 질문에 대한 답을 보디랭귀지로 하는 형식이었다. 독일 잡지 <쥐트도이체 차이퉁>이 오랫동안 해온 '무언의 인터뷰' 형식을 차용했다. 유병재는 "세상에 도움 되는 일을 한다고 생각합니까?"라는 질문에 손으로 X자를 만들었다).

잡지와 유명인 중 잡지가 더 유리하던 때가 있었다. 채널이 적던 때다. 채널이 적을 때 유명인이나 연예인은 널리 알려지기 위해 대중 매체를 사용할 수밖에 없었다. 김희애 씨 같은 사람들도 MBC '일요일 일요일 밤에' 같은 곳에 나가서 가짜 프랑스어 연기를 해야 했다. 부른다면 잡지에도 나가야 했다. 이병헌 씨가 초기 <에스콰이어>를 비롯해 몇몇 잡지의 화보를 찍은 걸로 알고 있다. 그 중에는 통통하게 살이 오른 이병헌 씨가 수영복만 입고 모래밭에 길게 앉아 있는 화보도 있다. 섭외만 하면 누구든 오던 그 때를 그리워하는 선배들도 있다. 하지만 과거는 다시 돌아오지 않는다.

채널이 꾸준히 많아졌다. 케이블TV, 위성방송, PC통신, 초고속인터넷, PC, 노트북, 스마트폰, 태블릿… 더 많은 채널을 통해 양적으로도 질적으로도 많은 정보가 흐르게 되었다. 지금은 인류 역사상 가장 많은 대중매체가 사람의 일상을 감싸고 있는 시대다. 플랫폼이라는 말을 엄청나게 많이 쓰고 있다는 게 작은 증거다. 어릴 때만 해도 플랫폼이라는 말은 기차역에서만 쓰지 않았습니까.

정보기술의 발전은 유명인이라는 특수 직군을 만들어냈다. 방금 유명인을 직업이라고 적은 건 실수가 아니다. 유명인은 연예인이나 배우, 가수와는 다른 별도의 직군이다. 세상에는 패리스 힐튼이나 클라라처럼 유명하기 때문에 유명하고 유명하다는 사실 하나만으로 꽤 많은 수익을 올리는 사람들이 있다. 놀이와 대중오락이 인류에게 미친 영향력을 설명한 책 ≪원더랜드≫를 쓴 스티브 존슨은 초당 12프레임이라는 기술에서부터 유명인이 태어났다고 주장한다. 초당 12프레임을 넘는 영상은 사람의 뇌를 속여 직접 만날 일이 없는 사람들에게도 친밀감을 준다는 논리다. 거기 더해 지금은 온갖 개인용 스크린이 사람들의 일상에 가득 덮여 있다. 스티브 존슨의 표현을 빌리면 매스미디어의 시대는 "화면에 등장했다는 사실 말고는 별 업적이 없는 사람들에게 감정적으로 엄청난 투자를 하게 되는" 세상이다.

스티브 존슨은 유명세의 메커니즘을 낮춰봤다. 유명해지는 일과 그 유명세를 긍정적으로 유명(遺名)하는 일에는 기술과 전략과 타고난 재능이 필요하다. 그걸 잘하면 사람들의 사랑과 현실세계를 사는 데 필요한 자원(돈과 명예 등)을 동시에 얻을 수 있다. 지금은 유명인이 되기 위한 기술적인 설비가 가장 많이 마련되어 있는 시기다. 인터넷쇼핑몰 모델 겸 사장님으로 활동하는 분들이 대표적인 예다. 대형 매체를 통하지 않고 인디 유명인이 되어도 잘 살 수 있는 세상이 왔다. 대단히 의미 있는 일이라고 생각한다.

잡지는 유명인 문화와 처음부터 함께였다. 18세기 영국에는 <태틀러>가 귀족층의 소문(주로 추문)을 부지런히 실어날랐다. 그때는 매체가 적었으니 매체는 존재만으로도 권력이 될 수 있었다.

지금 잡지와 유명인의 관계는 완전히 역전됐다. 권지용 씨의 인스타그램 @xxxibgdrgn 팔로워는 1,600만 명이 넘는다. 그런 사람이 굳이 더 유명해지겠다고 잡지 표지가 될 이유가 있을까. <에스콰이어> 같은 잡지에서 지드래곤을 인터뷰하고 싶다고 해도 굳이 그 바쁜 분이 승낙할 필요가 있을까. 나라도 안 나가겠다…라고 쓰면 우리 편집장님이 속상해하겠지만 우리 편집장님이라고 해도 안 나갈 것이다. 굳이 권지용 씨를 말하지 않아도 이제 더 유명해지기 위해 잡지 표지를 이용할

"화면에 등장했다는 사실 말고는 별 업적이 없는 사람들에게 감정적으로 엄청난 투자를 하게 되는" 세상이다.

필요는 딱히 없다. 다만 권지용 씨는 <엘르>와 그 몇 달 전의 <보그>를 비롯해 몇 번 잡지의 표지 모델이 되었다. <엘르>나 <보그>같은 잡지들이 스스로의 멋진 이미지를 잘 관리했기 때문이다.

한국의 남성 잡지는 대부분 외국의 남자 연예인을 모델로 썼다. 외국 잡지와 라이선스 계약을 한 결과다. 한국의 <에스콰이어>나 <지큐>는 미국이나 영국의 멋진 표지 모델 사진을 가져다 쓸 수 있다. 그런데 혹시 느끼셨는지? 언젠가부터는 외국 모델 표지도 조금씩은 덜 쓰는 추세다. 2017년 <에스콰이어> 표지는 외국 연예인보다 한국 연예인이 더 많다. 배우 조정석, 송승헌, 박해진, 공유, 지성, 가수 박재범, 엑소의 카이가 우리의 표지였다. 내가 잡지를 보던 몇 년 전과는 매우 다르다. 몇 년 전엔 한국인이 표지 모델이 되는 것부터가 화제였다.

여기에는 조금 다른 사연이 있다. 요즘 잡지 표지 촬영은 거의 패션 브랜드와 연계한다. 특정 브랜드의 옷이나 장신구와 연예인이 잡지의 표지라는 플랫폼을 통해 노출된다. 패션 브랜드는 예산을 사용한다. 패션 브랜드가 쓰는 예산은 잡지와 연예인에게 나뉘어 흘러간다. 잘만 되면 매체, 브랜드, 연예인 모두에게 이익이다. 매체는 표지를 통해 수익을 얻는다. 유명 연예인이 나오면 판매 및 홍보에 유리하다. 브랜드는 잡지의 표지를 얻는다. 우리 브랜드의 뭔가를 착용한 연예인이라는 이미지를 얻는다. 연예인도 돈을 얻는다. 동시에 좋은 브랜드의 뭔가를 착용한 이미지와 잡지의 표지라는 명예를 얻는다. 잡지와 유명인의 거래에 브랜드가 추가된 3자 거래다.

꼭 표지가 아니어도 잡지에는 연예인이 많이 나온다. 이 일을 하다 보면 종종 괴담 가까운 사연을 듣는다. 누구는 의류 촬영을 하는데 그 옷을 찢고 촬영을 끝냈다는 이야기. 누구는 촬영하다 삐져서 대기실에 들어가 3시간을 버티다 아무 일도 없었던 것처럼 웃으면서 나오더라는 이야기. 누구는 갑자기 조증이 와서 스튜디오의 콘크리트 바닥에 래커로 그래피티를 했다는 이야기. 유명인이 되어서 가장 좋은 일 중 하나는 다양한 추태를 부려도 사람들에게 사랑을 받을 수 있다는 점인 것 같다. 그래서 처음 만나는 연예인을 촬영하기 전에 늘 조금씩은 긴장한다. 뛰어나고 아름답지만 성격이 흉포해질 가능성이 있는 희귀종을 만나러 가는 기분이다.

지금 한 이야기가 한국만의 상황은 아닐 것이다. 적지 않은 잡지가 표지를 광고의 연장선상으로 쓰는 걸로 알고 있다. 성격이 못된 연예인 역시 전 세계에 고루 분포되어 있는 것 같다. 아무튼 잡지와 연예인은 악어와 악어새처럼 서로를 조금씩은 필요로 한다. 누가 악어고 누가 악어새인지는 상황에 따라 바뀌는 것 같다.

질문을 조금 더 조여보자. 잡지는 연예인을 필요로 할까? 지금 한국 상황에서라면 그렇다. 사람들은 잡지에서 연예인 이야기를 어느 정도 기대하는 것 같다. 지금 한국 잡지가 패션 브랜드와 함께 표지를 판매하는 방식 역시 연예인이 필요하다. 잡지는 스스로의 색을 더 확실히 만들 필요가 있다. 가장 훌륭한 예가 <보그>다. 미셸 오바마와 영국 총리 테레사 메이는 <보그>의 표지가 된 적이 있다. 권위가 필요한 패션 매체에게 여성 지도자 표지는 아주 좋은 옵션이다. 여성 지도자 역시 멋진 이미지를 잘 쌓아온 매체라는 브랜드를 마다할 이유가 없다.

반대. 연예인에게는 잡지가 필요한가? 어깨가 움츠러드는 기분을 느끼면서도 이 질문 역시 나는 조건부 예스라고 생각한다. 돈이나 이미지를 떠나서 연예인들 역시 잡지에서만 할 수 있는 이야기가 있다. 우리 팀을 비롯한 잡지 에디터들이 좋은 인터뷰를 진행하기만 한다면. 한국 잡지에는 훌륭한 인터뷰를 진행하는 선후배 에디터들이 많이 있다. 이미지도 마찬가지다. 인스타그램에 올리는 셀카나 협찬 받은 옷을 입고 나가는 공항패션, 소속사에서 만들어주는 무대 이미지가 연예인 이미지의 전부라면 좀 재미없지 않을까. 그거 말고 좀 더 좋은 이미지가 있으면 좋지 않을까.

내가 만난 연예인들은 모두 친절하고 합리적이었다. 내가 겪은 이상한 연예인 에피소드 같은 걸 떠올리려 해도 딱히 생각나는 게 없었다. 연예인이라는 직업을 떠나서, 내가 만난 사람들에게는 저래서 성공한 거구나 싶은 긍정적인 기운이 있었다. 인터뷰해보고 싶은 연예인도 있다. 이상민 씨, 한국의 래퍼들, 문희준 씨, 유희열 씨, 신동엽 씨, 김혜수 씨, 언젠가는 만나볼 수 있을까. 그나저나 '인컴플리트'도 참 옛날 노래다. 시스코 씨는 잘 지내나.

에디터라는 직업의
만족도는
몇 점쯤 될까

내가 왜 잡지 에디터를 하고 싶어졌는지는 내 짧은 삶의 가장 큰 의문이다. 이제 와서 생각하면 뭘 알았다고 잡지 에디터를 하고 싶어 했는지 잘 모르겠다. 지금은 잡지를 좀 아냐면 그런 것도 아니지만. 나도 나를 모를 상황에서 가끔 이런 말을 듣는다. "저도 잡지 에디터 하고 싶었어요." 아니면 "저도 잡지 에디터 하고 싶어요." 왜일까? 나는 그 사람들의 마음을 생각해보기로 했다.

라이프스타일 잡지에 나오는 물건이 좋아서일 수 있다. 라이프스타일 잡지는 지금 세상에서 가장 눈에 띄는 물건이 나온다. 눈에 띈다는 데에는 다양한 의미가 있다. 가장 새로운 기술이 들어가서 보통 헤어드라이어보다 30배쯤 비싼 게 잡지에 나온다. 땅 위에서 비행기를 모는 것 같은 가속감이 들기 때문에 4억 원쯤 하는 자동차 역시 잡지에 나온다. 한국에 20병밖에 안 들어온 술도, 다다음주면 한국을 떠나는 초 A급 빈티지 시계도 잡지에 나온다. 세상에는 자신의 광채만으로 사람을 끌어들이는 물건이 있다. 잡지에는 그런 물건이 가득하다. 무슨 의미로든 눈에 띄는 물건. 그래서 갖고 싶은 물건.

그런 물건을 갖고 싶으면 잡지 에디터를 하면 안 된다. 좋은 물건을 좋아해서 잡지 에디터를 하고 싶다는 건 보석이 좋아서 보석상에 취직하겠다는 이야기와 비슷하다. 비싼 물건에 관심이 있다면 고소득자가 되어 그 물건을 사는 게 상식적인 방법이다. 내가 아는 한 한국 라이프스타일 잡지기자의 월급으로는 잡지에 나오는 그 비싼 물건을 하나도 살 수 없다. 자기 분수에 대한 직시가 없는 상태에서 비싼 물건을 만지면 역효과가 생기기도 한다. 비싼 물건의 보드라움을 좋아하지만 그걸 내 집에 가져갈 만큼의 돈이 없는 사람은 무척 안쓰러워진다.

내가 해도 이것보다는 잘할 것 같아서 잡지 에디터를 하고 싶을 수도 있다. 당신이 패기에 찬 젊은이라면, 일리 있다. 한국 잡지는 때로 후줄근하다. 어디서 본 듯한 화보, 외국의 흐름을 따라하기 급급한 기사, 훔쳐본 외제를 따라했을 뿐이면서 예술가라도 된 것처럼 허세를 부리는 에디터들. 피처 에디터의 뻔한 기사, 패션 에디터의 지루한 화보. 나른하게 페이지를 넘기면서 내가 당장 해도 이것보다는 낫겠다고 생각할 수 있겠다.

당신이 하는 생각을 현직 잡지 에디터도 다 한다. 내가 해도 잘할 거란 예상은 개인 주식투자가의 '내가 투자해도 전업 투자자보다는 잘하겠다'는 생각과 비슷하다. 이러니저러니 해도 잡지 에디터들은 이걸 직업으로 삼으면서 적어도 하루에 8시간은 이 일에 대한 여러 가지 일을 하는 사람이다. 잡지 제작과 편집이라는 일에 확실히 매력은 있다. 그리고 대부분의 잡지 에디터는 하루에 8시간 이상 이런저런 일에 시달리고 있다. 그 시간 중 이른바 좋은 콘텐츠를 만드는 데 쓸 수 있는 시간은 안타깝게도 별로 많지 않다. 잡지 에디터의 업무시간 중 일정 부분은 이루어질지 모르는 섭외에 공을 들이거나 하나마나한 미팅을 계속 해나가는 데 쓰인다.

라이프스타일 잡지에는 연예인이 많이 나온다. 연예인이 좋아서 이 일을 하고 싶을 수도 있다. 잘생기고 예쁜 사람들이 좋아서일 수도, 만개한 재능의 전성기를 바로 옆에서 보고 싶어서 잡지 에디터를 하고 싶어 하는 사람도 있을 거라 생각한다. 실제로 라이프스타일 잡지 에디터가 되면 이런저런 연예인과 잠깐씩 마주치는 게 일상의 일부가 된다. 화보를 찍든 인터뷰를 하든 브랜드 행사장에서 잠깐 만나든. 그런 세계를 동경할 수도 있을 거라 생각한다.

연예인을 가까이서 보는 건 멀리서 봤을 때 예쁜 꽃을 가까이에서 보는 것과 비슷하다. 연예인(과 그 매니저)은 기본적으로 만나기 힘들고 때때로 거만하며 가끔씩은 어디서 배웠나 싶을 정도로 못됐다. 앞서 말한 것처럼 매체와 연예인의 관계는 완전히 역전됐다. 지금 한국에서 가장 귀한 콘텐츠는 잡지도 영화도 드라마도 아닌 연예인 그 자체다. 그리고 연예인(과 그의 회사)은 그 사실을 너무 잘 알고 있다.

잡지 에디터의 생활 자체가 그럴듯해보일 수도 있다. 신상품을 가장 먼저 본다. 1년에 두 번씩 열리는 패션위크에 초대받는다. 고가품을 파는 브랜드의 홍보성 해외출장에 초청받는다. 시장에 안 나온 신제품을 먼저 만져 보기도 한다. 연예인과 친구가 되기도 하고 인스타그램에 동반 셀피를 올리기도 한다. 대중교통으로 가기 힘든 그럴싸한 동네의 그럴싸한 술집에서 그럴싸해 보이는 사람들과 그럴싸한 수입 맥주나 싱글몰트 위스키를 마시고 집에 가서 그럴싸한 LP를 듣는다.

그 환상을 깨려 이 책을 만들었다. 인스타그램 게시물이 그 사람의 일상이라고 착각하는 사람이 아직도 있을까? 잡지 에디터의 삶이라는 이미지와 진짜 삶에는 꽤 큰 차이가 있다. 이 직업의 수명은 만 40세를 넘기기 힘들다. 보통 잡지 에디터는 어시스턴트를 거쳐 에디터가 되고 에디터를 거쳐 팀장(디렉터)이 되며 디렉터를 거쳐 편집장이 된다. 꼭 편집장이 되려 하지 않아도 나이가 들다보면 갈 수 있는 곳이 없다. 그리고 한국은 라이프스타일 잡지라는 씬scene이 생긴 지 얼마 되지 않았다. 편집장을 하고나면 무엇을 할 것인지에 대한 답 역시 아직 나오지 않았다.

잡지 에디터는 육체적으로도 고된 직업에 속한다. 과로와 스트레스에 시달린다. 월간지에서 일한다면 한 달에 2주 정도는 야근을 해야 할 경우가 많다. 그 중 한 주는 대중교통으로 귀가하기 힘든 시간에 퇴근한다. 대부분의 잡지 에디터는 일한 지 몇 년 안에 목돈 대신 지병을 하나씩 얻는다. 그런 노동의 결과물이 잘 퍼지느냐면 그렇지도 않다. 2017년 8월 현재 대부분 인쇄 잡지의 내용물은 종이를 벗어나기 힘들기 때문이다.

여기까지 읽은 당신은 역으로 궁금해질지 모른다. 이 글을 만드는 당신은 잡지 일을 왜 하는지. 수입이 좋은 것도, 수명이 긴 것도, 그렇다고 뭔가를 구현할 수 있는 환경인 것도 아닌데.

잡지 제작과 편집이라는 일이 늘 좋다고 할 수는 없지만 아주 좋은 순간은 있다. 어디서도 들을 수 없는 이야기를 처음 들을 때, 그 이야기를 내 손으로 지면에 옮길 때, 머릿속에서 생각했던 이미지가 뛰어난 스태프들의 재능에 의해서 사진이나 페이지라는 형태로 구현될 때, 그럴 때 느껴지는 쾌감이라는 건 확실히 있는 것 같다. 이건 아주 큰 매력이다. 요즘 대부분의 직업에서 좋은 순간이란 퇴근과 휴가뿐이기 때문이다. 일을 하는 시간 안에서 쾌감을 느낄 수 있는 직업은 많지 않다고 들었다.

　나는 결국 이 직업이 아주 멋진 일이라고 생각한다. 페이지를 만들어서 내가 표현하려는 것을 남에게 알리는 일은 과정으로도 재미있고 결과적으로도 보람 있다. 잘 하면 티가 난다. 이름 모를 잡지라도, 아무리 작은 페이지의 한 구석이라도. 그걸 누군가는 알아본다. 그 사실을 믿고 어딘가의 사무실에서 병 속에 편지를 넣어 바다에 던지는 마음으로 페이지를 만든다.

　내가 좋은 잡지 에디터라고는 생각하지 않는다. 하지만 이 일은 하면 할수록 좋은, 더 좋아질 수 있는 일이다. 나는 스스로를 훌륭한 일을 하는 보통 사람이라고 생각한다. 나보다 훌륭한 당신은 나보다 더 좋은 페이지를 만들 수 있을 것이다.

잡지 에디터가 되려면
어떻게 해야 할까

"저도 잡지 에디터를 해보고 싶었는데요." 가끔 이런 말을 듣는다. 나는 이제 이 말 뒤에 어떤 말이 오는지 조금은 예상한다. "방법을 몰라서 못 했어요. 어떻게 하는 거예요? 기자님은 어떻게 하다 잡지 에디터가 됐어요?" 그게 이 장의 이야기다. 실질적으로 잡지 에디터가 되려면 어떻게 해야 할까.

현재 한국의 잡지 에디터가 되는 방법 중 공채는 없다. 있었던 때도 있다. 내가 일하던 허스트중앙이 속한 JTBC플러스엠엔비는 몇 년 전까지 중앙엠엔비 공채라는 걸 뽑았다고 들었다. <지큐>나 <보그>가 나오는 두산매거진에서도 두산 공채의 일부로 잡지 에디터를 뽑은 적이 있다. 지금은 두 회사 다 공채로 사람을 새로 뽑지는 않는다. 매년 정해진 사람을 뽑는 공채가 필요한 만큼 큰 업계는 아니기 때문일 수도 있겠다. 에디터 스쿨이라는 제도 역시 몇 년 운영되었으나 요즘은 운영되지 않고 있다.

하지만 공채가 없을 뿐 잡지 에디터가 되는 방법은 여전히 있다. 이쪽에 새로운 사람들이 계속 들어오는 것 역시 확실하다. 나를 포함해 내 주변에서 본 잡지 에디터가 되는 방법은 얼추 이정도인 것 같다.

첫째. 무작정 이력서를 낸다. 잡지의 초반 광고를 넘기다

보면 사람들의 이름이 쭉 쓰여 있는 페이지가 있다. 업계 용어로 마스트헤드masthead라고 부르는 페이지다. 여기에 보통 편집장을 비롯해 에디터의 라인업과 메일 주소 등의 정보가 쓰여 있다. 잡지에 관심이 있거나 이쪽에서 일하는 사람이 아니라면 보지도 않는 건 물론 있는지도 모를 페이지다.

그런데 여기까지 보고 메일 주소를 확인해서 메일을 보내는 열정적인 사람이 아직 있다. 나도 몇 년 전부터 궁금해서 주변의 선후배 에디터께 어떻게 이 일을 했는지 물어보고 다닌 적이 있는데 한두 명은 꼭 이렇게 말했다. "모든 잡지사 편집장님의 메일 주소를 알아서 메일을 보냈어요. 메일 주소 어떻게 알았냐고요? 서점 가서 다 찾아봤어요." 그런 의지라면 뭐든 잘할 것 같다.

무작정 이력서보다 조금 더 절충한 느낌의 경우가 대학생 잡지다. 대학생들끼리 만드는 패션잡지가 한국에 둘쯤 있는 걸로 알고 있다. 캠퍼스 패션매거진 <르 데뷰>를 거쳐서 패션 및 라이프스타일 잡지에서 일하고 있는 에디터가 내가 아는 사람만 해도 몇 명 있다. 자신이 직접 페이지를 만드는 경험을 해본다는 점에서 무척 좋다고 생각한다. 스스로의 표현물을 만들겠다고 대학생끼리 모여서 잡지를 만든다니 대단하지 않습니까. 이력서와는 조금 다른 느낌이지만 이런 의지 역시 있기만 하다면 뭐든 못할까 싶다.

대학생 잡지보다 조금 더 도전적인 경우도 있다. 자기 잡지를 만들어도 된다. 빈 페이지에 기획을 집어넣고 구체화시킨다는 점에서 모든 잡지가 만들어지는 경과는 비슷하다. 이 글을 쓰는 김에 전화를 걸어 안부를 물어본 <어반라이크> 장용헌 에디터(@ryohun)가 자신의 잡지를 만든 경우다. 그는 <브레이크>라는 계간 잡지에서 편집장을 했다. 생각하면 생각할수록 대단한 생명력이다. 잡지 에디터에 관심이 있는 젊은이들은 이렇게 다양한 종류의 노력을 하고 있다.

그리고 어시스턴트 제도가 있다. 프로 잡지 에디터가 될 거라면 가장 에디터가 될 확률이 높은 방법이다(어디까지나 상대적인 측면에서). 어시스턴트는 그 이름처럼 편집부의 에디터들이 하는 일을 돕는다. 패션팀 어시스턴트라면 촬영을 하기 위한 옷이나 소품을 빌리고 반납하는 일을 주로 한다. 쉽지 않은 일이다.

강남엔 언덕이 많고 사진 스튜디오는 대부분 언덕진 곳에 있다. 춥거나 비오는 날 큰 가방을 들고 스튜디오로 옷을 가져가는 일은 얼핏 생각해도 쉽지 않다. 피처팀 어시스턴트는 촬영 보조 및 원고 작성용 자료 만들기, 인터뷰 녹취록을 정리하는 일 등을 한다. 간단해 보이지만 어느 정도의 요령과 감각이 있으면 좋다. 세상 모든 일이 그렇듯.

어시스턴트를 했을 때의 장점은 크게 두 가지다. 우선 현직 에디터들이 무슨 일을 어떻게 하는지를 바로 옆에서 볼 수 있다. 앞으로 이 일을 하는 데 도움이 될 만한 도제식 경험이다. 사실 이 일을 옆에서 지켜보면 환상이 깨지면서 하기 싫어질 수도 있다. 나는 어시스턴트가 잡지 제작의 구체적인 면모를 보고 그걸 싫어하게 되는 것도 어시스턴트라는 경험의 순기능이라고 생각한다. 깨진 환상을 직시하는 건 최대한 빨리 해보는 게 좋을 테니.

또 하나의 장점은 에디터가 될 수 있는 가능성이 확률적으로 가장 높아진다는 점이다. 기본적으로 잡지 에디터의 자리는 결원 후 충원이다. 정년이 있어서 매년 예상 가능한 X명이 우르르 빠져나간다면 공채 제도가 유지될 수도 있겠지만 애초부터 이 업계는 그 정도의 틀이 없다. 별도의 인사 담당자나 헤드헌터가 없는 이상 결원이 생긴다는 인사정보(이렇게 말하니 너무 딱딱하군)를 알 수 있는 사람들은 현직 에디터뿐이다. 잡지사의 어시스턴트가 에디터의 결원이라는 정보에 가까워지는 건 사실이다. 대학생 잡지나 개인 잡지를 만들어도 잡지사에서 일하게 된다면 어시스턴트로 시작하는 경우가 많다.

장점은 작고 모호하지만 단점은 크고 치명적이다. 근무 시간도 들쭉날쭉하고 일하는 곳도 명확하지 않다. 생각보다 난처한 일을 겪을 수도 있다. 어시스턴트를 해본 적이 있다면 거의 모두가 옷을 빌리러 갔을 때 푸대접을 받아본 경험이 있다. 선배를 잘못 만난다면 하지 않아야 할 마음고생을 할 수도 있다. 선배를 잘 만나더라도 어시스턴트를 오래 했더니 오히려 단점이 더 크게 보여서 해당 매체의 에디터로는 뽑히지 않을 수도 있다. 이런저런 사정 끝에 어시스턴트만 하다가 에디터가 되지 못하고 업계를 떠나는 사람도 무척 많다. 시급 역시 적다. 대학생 아르바이트 수준이라고 생각하면 된다.

가장 크고 근본적인 불안은 역시 어시스턴트라는 신분 자체다. 어시스턴트는 불안정하다. 기본적으로 어시스턴트 경험은 어떤 것도 약속하지 않는다. 어시스턴트를 3년 한 친구가 어시스턴트를 6개월 한 친구보다 먼저 에디터가 된다는 법은 없다. 거기 더해 엄밀히 말해 아무것도 보장하지 않는 경험을 (남들은 다 뭔가를 한참 준비하는) 대학교를 졸업할 때쯤 하는 건 그 자체로 정신적인 타격이 있다.

이런저런 이유가 있어서인지 어시스턴트 지원자도 줄어들고 있다. 당연하다. 요즘 같은 저성장시대에 소중한 젊음을 불안정한 업계에 걸 이유가 없다. 뭔가를 만드는 데 재능이 있다면 굳이 잡지사의 어시스턴트 같은 걸 안 해도 된다. 좋은 블로그가 기성 잡지보다 훨씬 파급력이 커질 수 있는 시대다. 그렇다고 어시스턴트의 처우가 극적으로 개선되고 있는 것도 아니다. 업계 선배 중 한 사람의 입장에서 늘 미안하다. 아무리 어쩔 수 없이 누군가는 어시스턴트라는 시도까지만 하고 업계를 떠나야 한다 해도.

전에는 어시스턴트에게 일을 부탁하는 것도 잘 내키지 않았다. 적은 시급으로 고생하니까. 그런데 요즘은 조금 생각이 변했다. 어시스턴트 친구들 중에는 열악한 대우와 아주 높은 불확실성을 감수하면서도 이 일을 하는 경우가 있다. 그렇다면 내가 해야 할 일은 앞으로의 사회생활에서 도움이 될 만한 경험을 주는 일일 수도 있다. 그래서 내가 어떤 일을 맡겼을 때 이일을 왜 맡기며 어떻게 해주기를 원하는지 최대한 잘 이야기하려 한다. 내 입장이니까 어시스턴트 친구 입장에선 어떨지 모르겠지만. 미안하게도 내가 당장 처우를 개선하거나 돈을 더주거나 자리를 만들어줄 순 없다. 하지만 같이 일하는 선배가 줄 수 있는 게 처우와 돈과 자리만은 아닐 수도 있었으면 좋겠다. 내가 선배들에게 배운 소중한 것들을 줄 수 있다면 어느 정도의 의미는 있지 않을까. 오늘 주제와는 상관없다 해도 중요하다고 생각하는 부분이라 조금 길게 적어 보았다. 아무튼 잡지 에디터가 되려면 이런 방법을 거치시면 된다.

1914년 남극을 탐험한 영국 탐험가 어니스트 섀클턴은 구인광고에 이렇게 적어뒀다.

"모험 떠날 사람 구함. 적은 보수, 끔찍한 추위, 몇 달 간의 어둠, 상시적 위험, 안전한 귀환이 의심됨. 성공할 경우 명예와 영광이 있음."

잡지 어시스턴트 모집 문구도 저렇게 적어둬야 하는 건가 싶기도 하다. 보수는 높지 않다. 마음이 춥다. 앞날이 어둡다. 요즘 같은 불경기에 낮은 가능성의 뭔가를 하는 건 그 자체로 안전한 귀환이 의심스러운 위험일 수 있다. 다만 잘 될 경우 명예와 영광이 있을 수는 있다. 남극 탐험대 정도의 영광은 아니겠지만 남극만큼 목숨이 위험하진 않을 테니까.

이력서 적는 법 같은 건 따로 말하지 않아도 될 것 같다. 잡지 에디터의 이력은 크게 상관이 없는 것 같다. 그 사람이 어떤 사람인지는 이력서 한 페이지 안에도 다 드러난다. 그쯤은 볼 줄 아는 사람들이 각자의 책상 앞에 앉아 있다. 페이지를 만드는 게 우리의 일이니까.

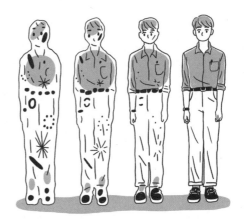

홍국화
〈보그〉에디터

에디터는 감독이자 매니저이자 전체적인 톤과 무드를 만드는 예술가인
동시에 직장인이에요.다른 직종은 정해진 업무라는 게 있는데 에디터
는 그 한계를 자기가 만들어야 해요. 반은 예술가이고 반은 직장인이에
요. 이런 직종은 없어요.

간단한 자기소개 부탁드립니다.

두산매거진에 있는 <보그> 편집부에서 보그 닷컴을 맡고 있는 에디터입니다. 잡지 경험도 있어서 <보그> 프린트 에디션도 겸하고 있어요. 전반적으로 <보그>에 관련된 모든 콘텐츠를 만듭니다.

일을 시작한 지는 얼마나 되었나요?

<엘르> 공채 기자로 시작한건 2009년부터였고요, 2007년에 대학 휴학 후 1년 정도 에디터를 했어요. 지금은 없어진 조그마한 매거진에서 화보를 찍고 기사를 작성했어요. 어리다 보니 말 그대로 눈에 보이는 것도 없었어요. 영업도 하고, 홍보 대행사도 방문하고, 호텔 홍보 이사도 만나고. 그때의 저는 인지도라는 걸 떠나 지면에 내 이름이 나오는 걸 너무 원했어요. 그렇기 때문에 인쇄소까지 가서 인쇄가 막 끝난 종이 냄새를 맡았던 시절이 제게는 너무 잊을 수 없는 시간이예요. 그 일을 경험하고 복학한 뒤 <엘르>에 입사했죠.

그렇게까지 이 일을 하고 싶던 이유가 뭐였어요?

엄마의 영향으로 초등학교 때 인테리어 잡지를 많이 봤어요. 아빠는 어릴 때 <보물섬>이라는 만화 잡지를 매달 사오셨죠. 아빠가 잡지를 사오시는 날이 너무 좋았어요. 매월 나오는 월간지의 기쁨과 기다림. 그때부터 생각했던 것 같아요. '내가 좋아하는 걸 이런 식으로 담으면 누군가 날 기다려주겠지? 내가 그 <보물섬>을 기다렸던 마음처럼?'

저도 그 마음이 생각나요. 한 달에 한번 나오던 잡지를 기다리는 마음.

제가 어릴 때는 <유행통신>, <키키>와 같은 로컬 패션 잡지가 쏟아지던 시대였어요. 292513=스톰이 나오던 시절, 그렇게 잡지가 많이 나오는 시대에 컸던 게 너무 큰 자양분이죠. 그때는 로컬 잡지가 너무너무 재미있었어요. 아까말한 스톰이나 T2R과 같은 로컬 패션 브랜드의 전성시대이기도 했죠. 잡지 속엔 심리테스트와 스티커처럼 아기자기한 부록도 있었고요. 지금처럼 인터넷이 실시간으로 내 손 안에서 접속되던 시절이 아니라서, 모든 최신 정보는 한 달에 한 번, 잡지 속에 다 있었어요. 그 안에서 내가 원하는 정보를 잘라 콜라주하는 게 저 같은 아이들의 기쁨이었어요. 그런 게 그때의 취향이었고요. 그때는 유명 모델의 등용문도 잡지 모델이었죠. 강동원, 이나영, 김민희도 그때 잡지 모델이었고요.

맞아요. 옛날 생각 나네요.

80년대생이 MTV세대라고들 하잖아요. 팝 문화의 홍수 시대에 컸던 사람들. 브라운관과 잡지에서 쏟아지는 정보의 혜택을 받고 자란 세대죠. 저도 그걸 부인할 수 없어요. 그때 저는 친구들이 듣던 HOT, 젝스키스, 쿨 등의 한국 가요에 관심이 없었던 대신 종이 잡지를 좋아했어요. 집에서는 제가 의대를 가길 원했지만 항상 예쁜 옷을 보면서 스타일화를 그렸어요. 어느 잡지사에서 주최한 디자인 콘테스트에 지원도 하고, 글 쓰는 것도 좋아해서 제가 중 1때 잡지 애독자 엽서에 기획안을 써서 보내기도 했어요. 그런데 그 기획안이 별책부록이 됐어요.

무슨 기획안이었어요?

겨울 코트를 가격대별로 총정리한 '별책'을 만들어달라는 거였어요. 10만 원대, 20만 원대 이런 식으로요. 보면서 쇼핑하면 너무 편할 것 같다고 생각했어요. 그게 실제로 별책부록으로 나온 거예요! 독자 선물로 받은 향수는 누가 우편함에서 뜯어갔지만요. '내 기획안이 별책부록으로 나오는구나' 하는 마음에 기뻤어요. 이렇듯 뭔가 기획해서 만드는 걸 좋아했던 것 같아요. 어른이 되고 대학에 가도 잡지는 계속 사서 봤죠. 매달 좋아하는 기자의 글을 스크랩해서 보고. 그렇게 잡지를 보다 보니 '어떻게 이런 글과 비주얼을 만들까?' 싶었어요. 글쓰기도 좋아하고. 그래서 그때 가장 좋아하던 잡지의 판권 페이지를 펴서 엄마에게 보여줬어요. 여기 이름을 넣고 싶으니까 에디터가 되게 도와달라고요. 부모님이 좋아하실 이야기는 아니었을 거예요. 저는 어릴 적부터 이 일을 하고 싶다고 고집부렸고, 결국 부모님이 바라시던 의대도 안 갔으니까. 엄마는 내심 딸이 가운을 입는 것보다는 에디터가 되는 길을 응원해주고 싶으셨는지 아빠 몰래 저를 도와주셨어요. 학교를 휴학하고 잡지 어시스턴트를 시작했는데 그 비밀에도 동참해 주셨죠.

어시스턴트도 했군요. 고생스러웠을 텐데.

어시스턴트를 시작해서 짐도 나르고 하면서 에디터들의 생활을 어깨너머로 봤어요. 그러면서 알게 된 기자 선배들에게 내가 얼마나 이 일을 하고 싶어 하는지 자꾸 이야기했어요. 그랬더니 "공채에 도전해라. 경쟁률은 높지만 시험을 쳐서 들어오는 게 너에게는 훨씬 좋다"라는 답이 돌아왔어요. 그래서 어시스턴트를 하다 공채 공고가 나서 시험을 봤고, 그렇게 기자가 된 거죠. 처음부터 공채를 써야 한다는 건 잘 몰랐을 때니까요.

환상을 갖고 있다가 어시스턴트를 해 봤고, 그러다 실제로 기자가 되었네요. 실제로 해보니 이 직업이 어떻던가요?

부모님께 이 직업을 설득시키기까지는 정말이지 많은 관문이 있었어요. 소위 말하는 대기업과 외국계 회사 몇 곳에 인턴을 한 후 "하긴 해봤는데 안 맞습니다"라고 말씀드렸어요. 이 직업을 하려고 부모님을 설득하기 위해서였죠. 백화점 아르바이트까지 여러 분야를 겪었기 때문에 내게 이 일이 맞는다고 확신했어요. 학교 동기들이 연봉 높은 회사에 이력서를 쓰는 취업 시즌에도 가만히 있었어요. 어차피 난 에디터만 할 거니까. 에디터 원서를 쓰는 날만 기다렸어요. 공채에서 한 번 떨어지는 바람에 1년 정도 더 기다리면서 다른 잡지에서 프리랜서로 일하고 다음 해에 다시 도전해서 합격했어요. '악마는 프라다를 입는다'로 패션 에디터의 인기가 최절정에 치달을 때라 경쟁률도 대단했어요. <엘르> 에디터 공채 경쟁률이 무려 1300:1이었으니까요. 전 나이로 치면 좀 늦게 시작한 편이에요. 2009년 12월에 일을 시작했으니까, 사회생활을 시작하는 보통의 기준으로 봤을 때 어린 나이는 아니었죠.

25세.

친구들 중에는 5년차 사회인도 있었어요. 그런데 제게는 꿈이 그것밖에 없었으니 늦은 게 아니었어요. '내가 앞으로 평생 할 일인데'라고 생각했으니까요. 내가 좋아하는 일에 대한 확신을 갖기 위해 그렇지 않은 일을 겪었던 게 도움이 됐어요. 그런 경험이 없었다면 저도 잡지를 일을 해보고 '너무 힘든데' 싶어서 포기했을지도 몰라요. 저는 확신이 있었으니 돌아갈 곳이 없었어요.

힘들다 해도요.

네. 내 선택에 책임을 져야죠. 다른 사람에게 "여러분, 이게 패션 에디터니까 이렇게 힘들어도 해야 합니다"라고 말하려는 게 아니예요. 그냥 내가 하고 싶다고 마음을 먹은 이상 타협하지 않았을 뿐이에요. 그냥 '여기서 잘 해야지'라는 생각으로 부딪혔던 것 같아요.

그런 과정을 거쳐 <보그> 에디터가 되었군요. <보그> 패션 에디터라

면 패션 에디터를 바라는 친구들에게는 가장 좋은 자리일 수도 있다고 생각해요. 그 자리에 가기까지 얼마나 걸렸나요?

만으로 5년 정도 걸린 것 같아요. 햇수로는 6년.

짧지 않은 시간이었네요.

공채로 처음 합격했을 때부터 순탄하지 않았어요. 저는 패션 에디터로 합격했는데, <엘르>와 <루엘> 잡지 일을 하다가 얼마 후 사내 부서 이동으로 <엘르> 디지털로 옮겨졌어요. 당시 디지털 에디터는 패션 에디터와 조금 다른 자리였어요. 친구들은 패션 에디터가 되어 컬렉션을 보러 갈 때 나는 컬렉션 사진을 올리고, 친구들은 디자이너 인터뷰를 쓸 때 나는 할리우드 스타와 모델 가십 기사를 썼어요. 그런데 어떤 일을 하든, 내가 원하는 곳이 아니어도 거기서 잘 해야겠다는 마음을 먹었어요. 친구들이 부러울 때도 있었지만 포기하지 않았어요. 그때 포기한 친구들도 많아요. 그런데 저는 제 선택에 대해 웬만해선 타협하지 않아요. 죽이 되든 밥이 되든 내가 해야 한다는 생각이 컸어요.

근성이 있네요. 그런 사람들이 어느 세대든 통계적으로 많지 않은 것

같아요.

그러다 <엘르>가 다른 회사로 인수됐어요. 저는 그때 조금 쉬면서 의학전문대학원 준비를 했는데 그 회사에서 연락이 왔어요. 또 디지털 에디터를 제안하더라고요. 새로운 디지털 매체를 만들고 싶다고.

디지털 쪽으로 경력이 풀려갔네요.

<쎄씨 디지털>을 만들었어요. 전엔 <오오픽>이라는 이름을 썼고요. 웹사이트에서 그치는 것이 아니라 모바일 맞춤 콘텐츠를 구상하고 제작하는 거였죠(그때는 인터넷 주소를 입력하면 모바일용 페이지가 뜨는 곳이 많지 않았어요). 그런데 촬영 소품을 빌리러 가면 신규 매체였으니, 아무도 매체 이름을 몰라 왠지 바닥으로 떨어진 기분도 들었어요. 친구들은 더 위로 가기 시작하는데. 그래도 포기하지 않았어요. 내가 선택한 일이니까 잘 해야겠다고 생각했죠.

팀 전체가 열심히 매달린 결과 빠른 시간 안에 기존의 탑 경쟁사들의 점유율을 다 추월한 쾌거도 이뤘어요. 결국 스카우트도 받았구요. 디지털 에디터 경험이 재산이 될 줄은 몰랐어요. 만약 중간에 '나는 패션 에디터가 좋으니까 이직을 해야

겠어'라고 생각해서 다른 잡지로 이직했다면 가질 수 없던 경험을 얻었죠. <보그>에서 일하기까지의 5년 동안 제게도 많은 기회가 있었어요. 다른 잡지 편집 에디터 제안도, 선배들에게서 이직 권유도 받았지만 저는 지금 하고 있는 곳에서 제 방식대로 잘하고 싶었어요. 타협하고 싶지 않았어요.

우리는 숲을 못 봐요. 연륜이 없어서. 그런데 당장 보이지 않는다고 해서 눈앞에 번쩍이는 빛을 따라갈 필요는 없어요. 그러면 더 돌아갈 수도 있어요. 저는 디지털 에디터 제안을 받았을 때도 그냥 '내게 주어진 이 일은 일어날 만한 일'이라고 생각했어요. '잘 하고 있는 걸까' 같은 생각이 많았던 때도 있지만, 제 일을 열심히 하면서 지냈고 운이 좋게도 가장 가고 싶었던 매체에서 연락이 왔어요.

패션 에디터에게 가장 필요한 자질이나 소양은 뭐라고 생각하세요?

호기심. 패션을 많이 아는 사람이라고 해서 패션 전문가가 될 수는 없어요. 요즘은 스마트폰만 켜도 정보가 쏟아지기 때문에 전문가의 정의는 '많이 아는 사람'만이 아니예요. 당장은 많이 모른다고 해도 빠른 시간 안에 원하는 정보를 찾아서 그 정보를 적재적소에 활용할 수 있는 사람도 전문가예요. 밤새

구글을 검색하기만 해도 생각보다 많은 지식과 정보를 찾을 수 있어요.

예를 들어 지금 내가 레슬링을 하나도 모르지만 주말 내내 레슬링을 검색한다면 약 1주일이면 누군가와 레슬링에 대해 어느 정도 깊이 있게 이야기할 수 있을 거예요. 에디터의 업무 주기를 생각하면, 잡지로 치면 한 달이고 디지털로 치면 매일이겠죠. 그정도 제한 시간 안에 새로운 콘텐츠를 쏟아내야 하는 사람에게는 방대한 사전정보보다도 호기심이 더 중요할 수 있어요. 내가 원하지 않는 취재 소재가 던져져도, 호기심을 갖고 검색을 해서 재빨리 내가 원하는 걸 찾아내는 능력이 필요하고요. 그러려면 호기심이 가장 중요해요. 두 번째는 잘 고르는 능력이라고 해야 할까요?

판단력인가요?

'큐레이팅'이라는 말로 말할 수도 있겠네요. 이건 요즘 1인 인플루언서 친구들에게도 굉장히 필요해요. 뷰티 유튜버가 모두 똑같이 음영 화장법으로 콘텐츠를 만들어도 사람마다 조회수가 다르죠. 같은 소재를 가지고도 남다르게 눈에 띄게 표현하는 방식이 중요해요. 역시 호기심을 가져야 남들이 어떻게 하는지도 보고, '나는 이렇게 해야겠다'는 생각도 들죠. 에디터라고 한다면 웬만한 거엔 다 편견 없이 열려 있어야 해요. 타인에 대해 관심이 없거나 내가 좋아하는 것만 좋아한다면 이 일을 하면서 힘들 수 있어요.

"나는 진짜 슈프림* 애호가고 이지부스트◆에 대해선 모르는 게 없어"라는 사람이 오트쿠튀르 컬렉션에 전혀 관심이 없다면 스스로도 일하기 힘들지 않을까요? 반대로 자기가 모르는 분야라도 호기심을 갖고 아주 재미있게 풀어 쓸 수 있는 친구들이 많거든요. 그런데 풀어내는 기술은 몇 년 배우고 연습하면 늘어요. 그 기술은 서툴러도 상관없어요. 그런데 호기심이 있어야 파내려가고(디깅) 하루 종일 찾아서 매달려요. 지식을 파내려가는 디깅의 단위가 있다 치면, 어떤 사람은 디깅을 하다가 5쯤에서 포기해요. 그런데 어떤 사람은 20까지 가요. 거기까지 가는 사람이 좋은 에디터죠.

공감해요. 진짜 중요한 말이네요.

- 스트리트 패션 브랜드.
- ◆ 칸예 웨스트가 디자인한 아디다스 운동화 시리즈.

저는 패션 필름 프로젝트를 할 때도 적당히 하기보다는 늘 판을 좀 키워요. 포기하지 않고 어떻게든지 끝까지 밀어붙이는 거죠. 할 수 있는 한 최선을 다 하면 조력자들도 생겨나고.

패션 에디터라고 하면 사람들이 이런 걸 궁금해할 것 같아 일부러 노골적인 질문을 생각해봤어요. 이 일을 잘 하려면 학력이 중요한가요? 돈이 많으면 유리한가요?

우선 우리나라 최고의 패션 잡지는 모두 대기업이 가지고 있어요. 그러니 대기업과 언론사에서 기본적으로 요구하는 소양을 갖출 수밖에 없어요. 그냥 패션 에디터가 되겠다고 하면 상관이 없을 수도 있어요. 그런데 특정 잡지의 에디터가 되고 싶은데 그 잡지가 대기업 소유라면 어쩔 수 없이 필요하죠. 하지만 그런 항목을 요구하지 않는 잡지도 있어요. 그리고 돈이 많아야 유리할까? 글쎄요, 취향은 돈을 주고 살 수 없는 것 같아요.

돈과 비례하는 면이 있지는 않아요?

인스타그램만 봐도 알 거예요. 직업을 막론하고 돈이 많은 사람은 넘쳐나죠. 하지만 그런 사람들이 모두 취향이 좋지는 않아요.

그렇긴 하죠.

그런데 취향이 좋다면 돈이 없으면 없는 대로 자기 취향 따라 잘 해내요. 에디터들이 멋져 보인다면 그건 그들의 타고난 취향과 자생력 때문이라고 생각해요.

패션 에디터로 일한다면 누군가는 유명한 스타들과 일한다는 걸 동경할 수도 있을 것 같아요. 패션 에디터로 일하면서 봤던 유명인들은 어땠어요?

그냥 사람이었어요. 미디어가 무서운 게요, 미디어는 인간과 인간 사이에 있는 거대한 포장지예요. TV, 책, 스크린 같은 것들이요. 패션 스트리트 사진에 찍히는 멋진 사람들 있죠? 모두가 그렇게 다니진 않아요. 그 사진에 찍힌 사람들 중엔 옷을 빌려 입는 사람도, 높은 구두를 신고 사진을 찍힌 다음 다시 슬리퍼로 갈아 신는 사람도 있고요. 노출이 되면 매출이 발생하는 식의 스트리트 신scene의 비즈니스가 있어요. 하지만 보통 사람들은 그런 비즈니스를 이해하지 못하죠. 우리가 보는 모든 것이 미디어예요. 저는 그런 일을 하는 사람이에요. 그걸 꾸며

주는 사람. 대중들은 그 만들어진 이미지를 동경해요.

예를 들자면 패션 디자이너도 마찬가지죠. 장엄하게 연출된 쇼와 화려한 옷을 보고 그 사람을 동경하고요. 하지만 인간 대 인간으로 만난다면 "오늘 김치찌개 먹고 싶다"는 이야기를 가장 먼저 할 걸요. 저 또한 <보그>라는 매거진의 이름으로 포장된 사람이죠. 하지만 당장 연애도 하고 싶고 카드값도 걱정되고 도시락으로 야식을 때우는 그런 보통 사람이거든요. 당신이 그 사람들을 직접 볼 기회가 없다면 그 사람들을 싸고 있는 거대한 포장지를 보는 걸지도 몰라요. 에디터는 그 포장지를 걷고 1:1로 그들을 마주친다는 특혜가 있는 직업인 것 같아요. 세계적으로 유명한 패션 디자이너도 실제로 만나면 떡볶이랑 김밥 좋아하고, 배터리 없어서 충전기 있냐고 물어보고, 당장 내일 아침 비행기 시간이 걱정돼서 오늘 저녁 약속 부담스러워하고, 그런 보통 사람들이었어요. 유명인이라고 해도 다를 거없이 소탈한 사람들이 많아요.

패션 에디터의 화려해보이는 일상 뒤에 있는 스트레스는 없나요?

어떤 게 화려해보일까요? 태생적으로 예쁜 걸 좋아하고 꾸미는 걸 좋아하기 때문에 화려해보이는 사람이 있을 수는 있는데, 화려하지 않은 패션 에디터도 굉장히 많아요.

하긴 별로 화려하지 않은 일상을 사는 패션 에디터도 많죠.

어떤 에디터는 정말 보통 직장인처럼, 여기가 정말 돈을 버는 곳이라고 생각해서 일하러 오는 사람도 있어요. 이 일이 재미있어서 놀이라고 생각하는 사람도 있고요. 어떤 사람은 이 직업을 자신의 장식처럼 생각하는 사람도 있어요. 그 중 화려함에 포인트를 맞춘다면, 예쁜 옷을 좋아해 멋있게 입는 에디터가 눈에 띄겠네요. 저 역시 화려한 촬영장에서 화려한 유명인을 만나서 촬영을 하고 이런 것에 대해서 판타지가 없진 않았죠.

국화 님 본인도요?

어떤 유명 그룹을 촬영한 적이 있어요. 무대 위에서 화려하던 그 사람들도 충무김밥을 시켜 먹으며 인터뷰하고, 촬영이 끝나면 힘들게 자기가 운전해서 집에 가고, 화려한 파티걸들과 밤새도록 놀 것 같은데 집에 가서 자고, 스마트폰 게임하느라 바쁜 그냥 보통 사람들이었어요. 저 또한 샤넬을 입고 한 뼘짜리 하이힐을 신고 뛰어다니며 일하지만 그건 제가 입는 옷일 뿐이에요. 촬영장에 빅뱅이 있고 엑소가 있어도 다 일 때문에 만나는 사람들이죠. 대화라고 해도, 택시를 타서 기사님께 "용산이요"라고 하는 것과 같아요. 일 때문에 만나서 일하고 집에 가요. 화려함은 화려함일 뿐이죠.

그러면 일하면서 뭐가 가장 큰 스트레스인가요?

다른 직종은 정해진 업무라는 게 있는데요, 에디터는 그 한계를 자기가 만들어야 하는 직업이에요. 'A to Z'라는 게 없어요. 0에서 100이 없어요. 0에서 10000까지 하는 사람도 있고, 준비를 0에서 50까지 하는 사람도 있어요. 촬영 스케일을 100까지 준비할 수도, 10을 준비할 수도 있거든요. 그건 자기 성격 따라 달라지고요. 그래서 반은 예술가이고 반은 직장인이에요.

이런 직업이 또 있을까요? 보통 예술가를 관리하고 지원하는 직장인은 있죠. 연예인 매니지먼트처럼요. 특이하게도 패션 에디터는 창작과 창작지원이 섞인 직종인 셈이에요. 크리에이티브한 영상과 화보를 머릿속에 그리면서도 그 예술가들을, 사진가와 모델과 연예인을 매니지먼트해야 해요. 이들에게 최소한의 밥상을 차려주는 사람이 있고, 그 이상을 준비하는 사람이 있죠. 그 이상을 해내려면 여기서도 호기심을 엄청 발동시켜야 해요.

어떤 식으로 호기심을 발동시키나요?

엄청난 스케일이라기보단 아주 사소한 것들이에요. 그날 오는 스타가 좋아하는 음악을 미리 찾아 틀어두면 촬영 속도가 빨라지죠. 또 그 사람이 평소에 좋아하는 사진집을 인터뷰 테이블 위에 올려둔다던가, 좋아하는 메뉴를 미리 알아두고 준비해두는 식이랄까요? 짧은 순간에 최고의 결과물이 나오려면 '호감'이 필요하거든요. 이런 작은 챙김들이 큰 차이를 만들더라고요.

그래서 그 과정에서 스트레스를 받죠. 내가 만족할 만큼 준비하지 못하면. 패션 필름을 찍는다고 가정하면, 저는 머릿속에 있는 이미지를 구현해야 하는 동시에 스태프도 관리해야 해요. 프로덕션 감독과 그래픽 담당자들과 스타의 이야기를 끊임없이 조율해야 하죠. 그러면서 이 사람들의 기분도 상하지 않게 해야 하고요.

에디터는 감독이자 매니저이자 전체적인 톤과 무드를 만드는 예술가인 동시에 직장인이에요. 열 시 출근, 일곱 시 퇴근은 지켜야 해요. 그러면서 야근도 하고 점점 친구들과 가족으로부터 고립돼요. 하지만 이런 일에 대한 스트레스는 제가 아니어도 열심히 일하는 사람이라면 누구나 느낄 거예요. 친구와 가족으로부터 멀어지는 게 고민이긴 하지만요.

화제를 바꿔 볼까요. 디지털 시대는 패션 에디터의 일을 어떻게 바꿨을까요?

디지털 시대가 되자 패션 에디터의 영역이 넓어졌어요. 컨텐츠를 담아내는 그릇도 다양해졌죠. 종이 그리고 디지털 디바이스까지. 이젠 오프라인 영역에서 이루어지는 무형의 이벤트까지 함께 만들어요. 또 찾아야 할 것도 많아졌어요. 예를 들면 예전에는 미술관에 가야 예술가의 작품을 볼 수 있었어요. 그런데 요즘은 인스타그램만 찾아도 날고 기는 사람들, 젊은 예술가들이 너무 많죠.

전에는 각 분야의 유명한 패션 전문가들과 일해야 했다면 이제는 젊은 예술가들도 찾아내면서 또 1인 미디어와도 경쟁해야 하죠. 20세기의 패션 에디터는 정해진 것을 아름답게 만들고 책에 실으면 됐어요. 이제는 최고의 스태프를 모아 최고의 비주얼을 만들어내는 게 전부가 아니예요. 이 컨텐츠가 어떤 플랫폼에 어떤 방식으로 언제, 누구에게 노출될지까지 전략을 짜야 해요.

그뿐인가요? 그 결과물을 분석해서 성공과 실패 원인도 분석해야 하죠. 사람들은 타임라인으로 수백개의 미디어를 동시에 지켜보고 있어요. 그 사이에서 말 그대로 '없었던 걸 새로 만들어야' 해요. 말처럼 쉬운가요. 하지만 시대가 변하면서 모두가 받아들이는 부분이에요. 럭셔리 브랜드도 역시 그들만의 높은 탑을 조금씩 무너뜨리고 있어요. 옛날 같았으면 부티크에서 장갑을 끼고서야 만져볼 수 있던 명품들이 이젠 팝업으로 거리에 나오고 있어요. 슈프림과 루이비통의 협업이 대표적이겠죠. 버질 아블로와 리모와*도 있겠고요. 리모와가 알루미늄을 버리고 투명 PVC 여행가방을 만들지 누가 알았겠어요.

그렇다면 무엇을 해야 하나요?

새로운 동태를 '매일' 파악해야 해요. 새로운 사람과 새로운 뉴스에 대해 매일 눈을 뜨고 바라봐야 하죠. 사실 저는 밤 12시부터 새벽 3~4시까지 잠을 안 자요. 그때 외국에서 뉴스

• 알루미늄으로 된 여행용 트렁크로 유명한 독일 가방 브랜드.

가 나오니까요. 신보가 쏟아지고요. <보그> 디지털 팀은 매일 밤 뉴스를 찾고 다음 날 아침 9시에 그걸 다 제출해요. 그렇게 매일 해외 뉴스에 눈을 뜨고 있지 않으면 도태돼요. 타임라인이 내려가듯이.

디지털 콘텐츠는 잘 만들었다고 끝이 아니예요. 콘텐츠의 반응, 조회수, 소위 말하는 '뷰^{view}수'가 중요합니다. 반응이 없는 콘텐츠는 아무리 잘 만들어도 죽은 콘텐츠예요. 오늘날의 에디터들은 이런 데이터를 분석해서 어떻게 하면 대중이 다음 번엔 더욱 호기심을 가질지에 대한 고민도 해야 합니다. 일종의 통계죠. 이젠 에디터의 일이 조금씩 마케터에 가까워지고 있다고 볼 수도 있어요. 단순히 '나는 예쁜 걸 소개하고 싶어', '나는 멋있고 싶어' 같은 생각으로 하는 일이 아니예요.

그렇다면 패션 에디터라는 직업의 미래에 대해서는 어떻게 생각하세요?

거듭 이야기하다시피, 일의 영역이 너무 넓어졌어요. 예를 들어 영국 <보그> 편집장 에드워드 에닌풀은 원래 스타일리스트 출신으로 패션 브랜드의 톤과 매너를 잡아주는 컨설턴트였어요. 모델을 캐스팅해서 띄우기도 했고요. 이렇듯 패션 에디터가 할 수 있는 일의 영역은 점점 넓어지고 있어요. 플랫폼이 폭발적으로 늘어나면서 미디어도 많아지는 만큼요. 패션 에디터들이 대중과 트렌드와 디지털을 공부하다 보니 많은 브랜드가 조언을 구하기 시작해요. 에디터와 디자이너가 한 팀이 되기도 하고, 에디터 자체가 인플루언서가 되기도 해요. 지금은 1인 미디어 역할을 하는 인플루언서가 쏟아지고 있어요. 이렇게 많이 나와서 거품이 꺼지고 나면….

이 중에서 변별력 있는 사람들이 남겠죠.

새로운 전문가 집단이 수면 위로 오르겠죠. 스타 에디터처럼. 에디터 자체가 하나의 콘텐츠가 될 수도 있어요. 이미 그런 기자들이 몇 있고요, 영향력도 대단합니다. 인쇄 매체 시대의 에디터들은 종이 페이지 뒤에서 예쁜 시각적 요소를 보여주는 게 주된 일이었다고 볼 수도 있어요. 패션쇼 마지막에 런웨이에 나와 인사만 하고 사라지는 디자이너처럼 일할 수도 있었어요. 신비롭게. 하지만 지금은 디자이너의 일상이 트렌드가 될 수 있듯이 에디터의 말과 행동 자체에도 영향력이 생기기 시작한 거예요.

종이 미디어가 사양산업이 되면서 에디터가 사라진다는

말도 많지만, 저는 에디터가 종이와 디지털이라는 영역을 넘어서 패션 브랜드와 패션 산업 전반에 폭발력을 줄 수 있는 좋은 조력자가 될 수 있다고 봐요. 그래서 밀레니얼*들, 바로 이 젊은 세대가 되게 중요해요. 제 세대는 종이와 디지털의 중간 세대이기 때문에 솔직히 말하면 디지털에 대한 모든 것을 매일 공부해야 해요. 저희는 주니버 대신 동화책을 보고 자랐어요. 그런데 밀레니얼은 유튜브에서 영상을 보고 핸드폰을 만지며 자란 세대이기 때문에 디지털 컨텐츠를 풀어내는 능력이 달라요. 타고난 거죠. 때문에 패션 에디터가 되고 싶다면 스타 에디터가 될 생각도 했으면 좋겠어요. 디지털 미디어를 주무르는.

우리 세대는 사람들 앞에 설 때 나름의 각오가 필요했는데, 젊은 세대는 그런 각오마저 필요 없을 수도 있겠네요.

본인이 브랜드를 만들 수도 있어요. 브랜드의 컨설턴트를 할 수도 있고, 유튜버가 될 수도 있어요. 패션 에디터를 하면 이렇게 많은 일을 할 수 있어요. 1인 미디어의 홍수 시대이지만,

---

- 1980년대 초(1980~1982년)부터 2000년대 초(2000~2004년)까지 출생한 세대를 일컫는다.

저는 패션 에디터는 계속 필요한 직업이 될 거라고 생각해요. 수많은 미디어와 크리에이터들은 차별화가 필요해지고, 결국 컨설팅과 큐레이션이 필요하니까요. 그래서 포털이나 SNS 회사, 브랜드나 방송사에서 미디어 전문가, 다시 말해 에디터를 영입하고 있어요. 에디터는 매니저이자 크리에이터이자 오퍼레이터잖아요. 이런 일을 한 번에 겪을 수 있는 직업은 패션 에디터 말고는 없을 거예요.

일의 단점은 없나요?

아까 했던 질문 중 '돈이 많으면 유리한가요?'도 있었죠? 돈 걱정 않고 직장생활을 할 수 있으니 유리하다고 볼 수도 있겠죠. 그런데 생계를 유지하기 위해 이 일을 하는 건 추천하고 싶지 않아요. 하루 종일 이 일에 시간을 많이 할애해야 하거든요. 아침에 눈을 뜨면서부터 자기 전까지 일이예요. 데이트를 하는 중에도 스마트폰으로 일을 해야 해요. 그렇기 때문에 생계라면 스트레스가 굉장히 클 거예요. 시간을 많이 들였다 해도 그만큼 많은 돈이 돌아올 수는 없으니까.

생각해보니 정말 그렇네요.

그리고 본인이 호기심이 별로 없는 성향이라면 일에 질릴 거예요. 유행은 돌고 돌아요. 그런데 본인이 클래식한 것만 좋아한다면 어떨까요? 지금 대세인 스트리트 쪽에는 아무 흥미가 없겠죠. 그러면 일을 하거나 인터뷰를 해도 결과물이 재미가 없을 거예요. 그런데 호기심이 많으면 이것도 재미있고 저것도 재미있어요.

어딜가나 내가 원하는 일만 할 수 없어요. 저는 개인 취향은 아니지만 이번에 수트도 몇 벌 맞춰봤어요. 이건 단점이에요. 일을 할수록 좋은 취향에 내한 호기심이 생기고, 그걸 채우기 위한 돈이 들죠. 내가 좋은 곳에서 비싼 걸 안 먹어봤는데 독자에게 맛있다고 거짓말을 하고 싶지 않아요.

그렇게 한다 해도 생생한 감이 떨어지겠죠.

뉴욕에 있는 어느 대학교 패션 전공 과정에는 샤넬 매장에서 샤넬 재킷을 입어보고 리포트를 쓰는 과제가 있어요. 샤넬 트위드 재킷 안에는 작은 체인이 달려 있어요. 왜 달려 있을까요? 그 체인은 무게 때문에 옷을 밑으로 '착' 떨어뜨려주는 기능을 해요. 이런 건 직접 입어보지 않고서는 모르는 거예요. 좋은 옷을 내것으로 갖고 입고 걸치고 감아봐야 대중에게 사실적으로 전달할 수 있으니까요. 그걸 곱지 않게 보는 시선도 있 겠죠. 하지만 우리에게 이건 일종의 '직업의식'이기도 합니다.

아, 또 하나의 리스크라면 주변에 자유분방한 아티스트가 많기 때문에 정신 똑바로 차리지 않으면 안 돼요. 그들과 어울 리지만 우리는 출퇴근하는 직장인이거든요. 본인 방향이 확실 해야지, 그렇지 않으면 철 없이 놀다가 시간이 다 가버릴 수도 있어요.

그럴 수 있죠. 시간을 다 보내버린 사람들이 생각나네요.

그런데 역설적인 말이지만 이 일은 철이 없어야 할 수 있는 직업이기도 한 것 같아요. 그래서 리스크는 철이 참 안 든다는 것. 어르신들이 보기에는 이 직군에 있는 사람들이 어른스럽 지 않아 보인다고 생각할 수도 있겠지만요.

그러면 반대로 이 직업의 매력은 뭔가요?

내가 좋아하는 걸 하는데 돈을 번다는 자체가 매력이에 요. 사람마다 다르겠지만 웬만한 사람들은 예쁜 옷과 액세서 리와 최신 유행 트렌드를 재미있어하잖아요. 저는 이렇게 재미 있는 걸로 재미있는 걸 만드는 데 돈을 벌어요. 물론 그 과정에서 스트레스는 있죠. 너무 못된 사람을 만날 수도, 말도 안 되는 음해를 당할 수도 있어요. 그런데 그런 스트레스야 모든 직종에서 공통적인 것 아닐까요.

그리고 또 하나의 매력은 내가 평소에 보기 어려운 사람을 내가 일하는 매체의 이름으로 만나볼 수 있다는 점이에요. 제가 어떻게 버질 아블로와 가까이 앉아서 "이 다음에 무슨 일 벌이고 싶어요?"라고 물어볼 수 있겠어요. 그리고 그 사람이 며칠 후에 연락이 와서 나와의 인터뷰를 소장하고 싶다며 녹취록을 보내줄 수 있냐고 묻기도 하고요. 그런 이야기를 들을 때 너무 보람차고 뿌듯하죠.

패션 에디터는 기사를 안 써도 되나요?

<보그>는 화보를 진행하는 패션 에디터와 기사를 쓰는 패션 피처 에디터가 나뉘어 있어요. 저희 보그닷컴은 영상을 만들며 글도 쓰고요. 패션 에디터는 대부분 글을 쓰지 않는 에디터인 경우가 많아요. 그런데 저는 패션 에디터를 꿈꾼다면 글을 쓰는 능력이 없어도 패션 기사를 수십 번, 수백 번 써보기를 권해요. '패션 크리틱'이나 '패션 피처'라고 부르는, 패션에 대한 칼럼이 나오는 잡지가 아직 많아요. 그걸 그대로 따라 써

보는 거예요.

　처음부터 글을 잘 쓰지 않아도 돼요. 패션 전문 용어가 있어요. 의사들이 칼을 메스라고 말하듯이, 이 안에서 쓰는 용어들이 있거든요. 그걸 내가 완전히 잘 쓸 수 있을 때까지 그런 기사를 계속 쓰다보면 그 단어와 조사와 형용사의 쓰임을 알 수 있어요. 그리고 패션잡지는 외래어가 많기 때문에 자칫 잘못 쓰면 독자에게 불쾌해 보일 수도 있어요. '보그체'라는 말도 있지만 지금의 <보그>는 한글 위주로 쓰는 잡지예요.

정말인가요? 그렇지 않아도 궁금했는데 먼저 이야기를 꺼냈네요.

　'콜라보'보다는 '협업'이라는 단어를 쓰는 편인데도 외래어를 많이 쓰는 잡지라는 오해를 받아요. 써야 하는 외래어와 그렇지 않은 것을 구분하려면 기술적인 능력이 필요해요. 기술은 연마해야 해요. 패션 에디터는 글을 쓰지 않아도 된다고는 할 수 없어요.

　저는 글을 잘 쓰는 패션 에디터가 많아졌으면 좋겠어요. 짧고 재미있게 글을 쓰는 게 가장 어려워요. 제가 보그닷컴에 올리는 재미있고 짧은 글은 금방 읽히니까 '30분이면 쓰겠네'라고들 생각해요. 그런데 그 기사 하나를 위해 제가 자료조사를 할 때는 30여 개의 웹페이지 창을 띄워요. 그걸 다 번역해서 필요한 요소를 조합해요. 그렇게 정보를 재빨리 조합하고 정리하려면 글을 잘 써야죠.

지금까지 하신 말씀이 다 조언에 가까웠지만, 그 외에도 패션 에디터를 하고 싶어 하는 젊은이들에게 하고 싶은 조언이나 이야기가 있어요?

멋진 화보나 영상을 보고 패션 에디터를 꿈꾼다면 잘못 생각한 거예요. 그 멋진 이미지는 사진가와 영상 감독이 찍은 거고요, 모델이 예쁜 거예요. 에디터라는 사람은 그 스태프들을 다 뽑아서 그 자리에 모으고, 운영하고, 필요한 옷을 가져 오는 식의 계획을 짜고 기획을 하는 사람이에요.

에디터가 되고 싶어 하는 건 다큐멘터리나 예능 프로그램을 보고 그 프로그램의 작가나 PD를 꿈꾸는 것과 비슷해요. 그러니 패션 에디터가 되고 싶다면 한번 되감기 같은 걸 해보는 게 좋아요.

어떤 화보를 펼쳐보고 '어떻게 이런 컨셉을 생각했지?'부터 시작해서 '내가 에디터라면 이 사람을 어디서 찾았을까?'를 궁금해하는 거예요. 그리고 인터넷으로 모델 에이전시 사이트를 찾아보세요. 그걸 보면 알 수 있죠. 이렇게 모델 프로필을 찾았겠구나. '이 옷은 어디서 빌렸을까?'도 생각해야 하고요. 또 '이 장소는 어디일까? 어떻게 섭외했을까? 사진가는 누구지? 이 사람이 어떻게 했지? 이때 날씨가 어땠을까?' 같은 식으로 본인이 이 화보를 보고 달력을 보면서 일정표를 만들어 보세요. 에디터 연습이에요. 그렇게 계획을 짜 보세요.

보통 에디터들은 그 모든 걸 일주일 안에 해내요. 연예인 촬영도 마찬가지예요. '이 연예인들을 데리고 그 지역에 어떻게 갔을까? 비행기는 어떻게 끊었을까? 여기 가면 호텔은 어디서 묵을까? 며칠 동안 찍을까? 이 사진은 왜 골랐고 보정은 어떻게 했을까? 그리고 이 글은 누가 썼을까?' 이런 것들을 모두 한번 봐야 해요.

완성된 멋진 결과물을 보고 막연히 꿈꾼다면 잘못 생각한 거예요. 그건 적어도 10여 명의 스태프가 함께 만든 공동 작업물이에요. 그게 예쁘다면 또 생각해봐야 해요. 나는 그 중에서 사진가가 되고 싶은지, 아니면 모델이 되고 싶은 건지. 에디터가 되고 싶다면 그 화보를 역으로 거꾸로 짜보셔야 해요. '나라면 모델을 몇 명 뽑았을까. 이 사람들을 한날한시에 어떻게 모았을까. 영상을 만들 때는 어떤 영상 시안을 찾아서 영상감독과 무슨 회의를 했을까. 스토리보드는 어떻게 짰을까.' 이런 걸

다 생각해야 해요. 그러니까 계획표를 한번 짜보세요.

그래도 하고 싶다면 어떤 잡지 한 권을 보고 페이지마다 마음에 안 드는 점을 포스트잇에 써서 붙이세요. '나라면 이 화보에서 이 사람을 이렇게 했을 것 같다. 나는 이 원고를 이렇게 썼을 것 같다. 나는 이 제품은 이렇게 해서 이렇게 찍었을 것 같다.' 이렇게요. 그 다음 달에 새로 나온 잡지를 또 보고요. 그걸 반복해보세요.

꼭 돈을 주고 잡지를 사서 봐야만 그런 연습을 할 수 있나요?

잡지가 아니어도 좋아요. 인스타그램만 봐도 매거진마다 만든 패션 필름들이 있어요. 그걸 보고도 생각할 수 있어요. 똑같은 브랜드인데, 아니면 똑같은 스타인데 여기는 왜 이렇게 찍고 여기는 왜 다르게 찍었을까? 왜 이 영상은 저 영상보다 더 반응이 좋지? 왜 A잡지가 재미있고 B잡지는 멋있는데 조회수는 C가 더 높지? 이런 것들을 분석해보세요. 사람들이 보는 시각적 결과물의 대부분은 협업이에요. 그 뒤에서 사람들이 한 일은 잘 보이지 않죠. 에디터를 하고 싶다면 그걸 보고 복기할 줄 알아야 해요. 내 생각을 되감기하듯 계획을 짜보세요. 그걸 일주일 안에 해낼 수 있을지 생각해봐야 하고요.

쉽지 않을 것 같은데, 나는 못할 것 같다 싶으면 어쩌죠?

에디터는 혼자 하는 게 아니예요. 어시스턴트나 선배들과 함께 진행할 거예요. 그러니 어시스턴트 경험을 해보길 권해요. 매거진 안에서 이루어지는 일을 어깨너머로 볼 수 있는 기회가 돼요. 어시스턴트를 했는데 너무 힘들다고 포기하지 않아도 돼요. 에디터를 하게 되면 한때의 당신과 같은 어시스턴트들이 도와줄 테니까요. 너무 어렵거나 힘들지 않아요. 다 협업이에요. 에디터가 다 만드는 게 아니예요. 그걸 절대 잊지 말았으면 좋겠어요.

다시 말하지만, 멋진 건 에디터가 아니예요. 최상의 몸매를 위해 다이어트를 하며 촬영하느라 고생한 모델과 연예인, 컨셉마다 다른 연출을 해내는 헤어 스타일리스트와 메이크업 아티스트, 몇날 며칠을 밤 새는 사진가와 영상 감독, 리터처도 있고 최고의 컬렉션 의상을 세계 각지에서 공수하는 브랜드… 아주 많은 사람이 관련되어 있어요. 그 중에서 패션 에디터의 역할이 뭔지를 생각해보려면 꼭 일정표를 만들어 보세요. '그래도 하고 싶다. 난 이런 관리에 소질이 있는 것 같다'라는 생각이 든다면 시도해보면 되겠죠.

패션 칼럼도 좋아요. 2018년 8월을 예로 들어서 '난 요즘

스니커즈 전성시대에 대해 칼럼을 쓸 수 있다'고 생각한다면, 써보세요. 블로그에 올리세요. 그리고 나는 이 칼럼에 기반해서 얼마나 재미있는 비주얼과 클립을 만들 수 있을지에 대한 고민도 함께 해보세요. 이런 고민을 거친 에디터가 된다면, 매거진을 떠나 포털 사이트로 가든, 패션 브랜드로 가든, e-커머스로 가든 잘할 거예요. 패션 에디터를 하게 된다면 창작과 관리, 이 두 가지 능력을 배양할 수 있어요. 그건 확실해요.

앞으로도 패션 에디터를 하고 싶으세요?

한 줄 아는 게 이것밖에 없어요.

너무 겸손한 말씀 같지만요. 그렇다면 앞으로는 뭘 하고 싶으세요?

에디터들과 매체가 많이 사라지고 있는 게 안타까워요. 솔직히 말하면 독립해서 일하는 게 더 자유롭고 돈을 더 많이 벌기도 해요. 그래서 특정 잡지에 소속된 에디터를 하고 싶어하는 사람들이 예전보다 많이 줄어들었어요. 하지만 저는 매체의 영향력은 사라지지 않을 거라 보기 때문에, 이 일을 하고 싶어하는 사람들이 포기하지 않고 재미있게 일할 수 있도록 길을 만들고 싶어요. 선배 에디터들이 그랬듯이요.

제가 금세 다른 일을 시작한다면 누군가는 '아, 에디터들은 적당히 한 10년 하고 독립하는 건가봐'라고 생각할지도 몰라요. 그래서 쉽게 이 길을 그만두고 싶지 않아요.

어느 잡지 에디터의
생활

라이프스타일 잡지 에디터들은 한 달 중 지금이, 그러니까 매달 17일 전후로 가장 한가하다. 연락이 뜸한 친구가 잡지 에디터가 되었다면 이 날쯤 연락하면 된다. 나는 어제 마감이 끝났다. <에스콰이어>는 매달 17일 저녁 때쯤 마감이 끝난다. 각종 남성지나 여성지도 얼추 이때 다 마감이 끝나는 걸로 알고 있다. 정도의 차이는 있지만 라이프스타일 잡지 매대에 있는 거의 모든 잡지는 매달 20일 정도면 마감이 다 끝나 있다. 내가 빈 방에서 모니터를 두들기고 있는 동안 다른 잡지 에디터들도 각자의 방식으로 이 시간을 보내고 있을 것이다.

잡지 에디터의 생활은 삼각함수의 사인이나 코사인 곡선과 비슷하다고 생각하면 된다. 나는 수학을 잘 못했기 때문에 사인 코사인 곡선의 모양만 기억난다. 0을 기준으로 했을 때 -1에서 +1을 규칙적으로 오가던. 아무튼 그 곡선처럼 우리의 일과 감정도 오르내린다. 스트레스 수치, 업무의 양 수치, 수면 시간 수치, 마음의 부담 수치, 통화량 수치, 카카오톡 대화창 수치, 모두 비슷하게 오르내리는 것 같다.

라이프스타일 월간지 기준으로 일이 돌아가는 주기는 이렇다. 여러분께서 잡지를 사서 볼 수 있는 20일은 보통 마감이 끝나고 나서 3~4일 후다. 그동안 잡지사는 대체휴가를 거쳐 기

획회의라는 걸 한다. 이름처럼 이 달에 뭘 할지를 서로 이야기
하는 시간이다. 기획회의가 끝나면 편집장이 그 회의에 맞춰
배당을 준다. 그 다음주부터 각 에디터들은 각자의 일을 시작
한다. 취재를 하거나 촬영을 준비하거나. 중간중간 그 중 잡지
기자 대상 신제품 출시 행사에 가기도 하고 정산 등의 실무를
보기도 한다. 그러다 보면 월말이 지나 월초가 되고 한 달의 중
간 지점으로 접어든다. 그래서 12~17일 중을 얼추 마감 기간이
라 칭한다. 마감을 기준으로 놓고 봤을 때 1주차, 2주차, 3주차,
4주차라고 볼 수도 있겠다.

　당연히 4주차가 가장 바쁘다. 내 경우 정확히는 마감일에
서 3~5일 전의 기간에 가장 몸과 마음이 바쁘다. 오히려 마감
마지막 날이나 마지막 날 전날에는 남은 일 자체로는 적은 경
우가 더 많다. 물론 며칠 야근을 했으니 몸은 더 지쳐 있지만.
잡지기자의 4주차는 무척 바쁘다. 이 때는 잡지기자와 약속을
잡을 수 없다. 마감 기간에 휴일이 끼면 당연히 휴일에도 일한
다. 덕분에 광복절에 쉬는 잡지기자는 거의 없다. 가끔 마감 기
간에 상을 당하는 선후배들이 있다. 보통 그런 경우에도 사무
실을 아예 비우는 경우는 별로 없다. 아무도 강요하지 않지만
자기가 만들던 페이지에 마음이 쓰일 것이다.

월간지에서 일하는 에디터와 디자이너는 마감이라는 한 달의 반환점이 있기 때문에 보통의 직장인과는 조금 다른 업무 주기를 갖게 된다. 택시를 타고 집에 들어가다 보면 기사님께 종종 "술도 안 마신 분이 왜 지금 들어가세요?" 질문을 받는 게 한 예다. 속상할 때도 있었다. 휴일에 집에 가려 하는데 택시가 잡히지 않아서 12시에 끝났지만 새벽 2시 30분까지 기다려야 할 때도 있었다. 한 날은 눈까지 와서 하루를 꼬박 새고 다음날 새벽 4시까지 택시를 기다린 적도 있다. 누구나 이 일을 몇 년쯤 하다보면 이런 경험을 할 거라 생각한다.

　　개인적으로는 이 일을 몇 년 하다보니 이 주기를 도리어 좋아하게 되었다. 마감 후 대체휴가 때문이다. 특별한 예외가 아니면 잡지기자는 마감기간의 휴일 근무를 평일의 대체휴가로 보상받는다. 평일에 노는 기분은 정말 짜릿하다. 평일의 한가한 극장에 갈 때, 평일의 한가한 옷가게에 갈 때, 평일의 한가한 서점에 갈 때, 다른 사람들은 일하고 있는데 나만 멍하니 슬리퍼같은 걸 신고 나와서 헌책방에서 책을 고르고 커피를 마실 때. 그럴 때면 남이 사는 도시에 여행온 것 같은 기분이 들기도 한다. 대체휴가를 붙여서 해외여행 같은 걸 가면 보통 사람들이 안 가는 시간대에 여행을 가므로 꽤 싸게 잠깐 쉬다 올

수도 있다. 6만 원에 부산에서 배를 타고 후쿠오카에 다녀온다든지, 특가에 호텔을 빌린다든지.

세상일엔 다 명암이 있는 법. 고통스러울 때도 있다. 왜 없겠습니까. 피곤해서 뇌가 부은 것 같은 기분으로 어떻게든 손가락을 움직여서 원고를 만들어야 할 때. 잠을 늦게 자야 할 때. 집에 가고 싶은데 클럽에서 노는 젊은이들 때문에 택시가 잡히지 않을 때. 한 일도 없는데 스트레스를 받아서 밤에 식욕이 돋을 때. 다음 날 속이 더부룩하고 여드름이 돋을 걸 알면서도 야식을 시킬 때. 말할 힘도 없는 몇 명이 환기가 안 되는 회의실에 둘러앉아 너무 매운 음식을 먹을 때. 캡사이신을 흩뿌린 걸 2만 원쯤에 파는 폭리를 알면서도 힘없이 비닐장갑을 끼고 오돌뼈를 밥과 섞어 주먹밥을 만들 때. 그걸 먹고 나서 또 액화시킨 타우린과 카페인을 털어넣고 일해야 할 때 등등. 적다보니 그간의 밤들이 떠오른다.

그래도 나는 불평하면 안 된다고 생각한다. 본가를 떠나 이사를 나가기 전 내 짐을 정리하며 이 사실을 깨달았다. 내가 지난 몇 년 동안 뭘 했는지를 떠올렸을 때 내게는 너무 명확한 물증이 있었다. 내가 일했던 잡지들. 페이지를 펼칠 때마다 언제의 내가 무엇을 했는지 난처할 정도로 선명하게 떠올랐다.

그래, 이 원고를 만들 때 이런 일이 있었지, 이 원고를 적다 말고 누구를 만나러 갔지, 이 페이지는 그때는 나름 만족했던 것 같은데 지금 보니 할 수만 있다면 다 태워버리고 싶구나(이 생각을 할 때가 가장 많다).

일종의 기념사진첩처럼 내 지난 몇 년이 몇십 권의 정기간행물 안에 그대로 들어 있었다. 그리고 한 달이 지나 한 권의 잡지가 남으면 꽤 깔끔한 기분이 든다. 그 달 나의 일이 손에 잡히는 뭔가로 만들어진다는 건 꽤 운이 좋은 일 같다.

내가 느낀 깔끔한 기분도 예전 느낌이 될 가능성이 크다. 잡지에 담기는 사진이나 글이 종이가 아니라 디지털 디바이스의 웹페이지로 넘어가고 있기 때문이다. 인터넷 미디어는 정기간행물이라기보단 끊기지 않고 이어지는 뉴스 채널에 더 가깝다. 물론 그 안에서 나름의 주기를 만들어 뉴스를 공개하고 발표할 것이다.

하지만 종이 월간지를 만들었을 때처럼 완전히 손을 놓아버릴 수 있는 시간은 점차 사라지고 있다. 종이 잡지의 시대는 그 업종 종사자에게 한 달에 한 번씩은 쾌변을 하는 듯한 기분을 주었다. 21세기는 반대다. 지금의 미디어 업계의 종사자들은 그 일에서 은퇴하지 않는 한 영원히 풀리지 않는 잔변감을 느낄 것이다.

이게 나쁘냐고 묻는다면 또 그렇지도 않다. 잔변감 미디어 시대의 가장 큰 장점은 인쇄매체 시대의 가장 큰 단점을 개선 시킨다. 인쇄매체의 가장 근본적인 불안은 한번 인쇄가 돌고 나면 고치기가 어렵다는 점이다. 예를 들어 나는 예전에 한 번 co.kr로 끝났어야 했을 웹페이지 주소를 .com으로 썼다가 큰 항의를 들은 적이 있다. 내 잘못을 내가 책임져야 했으니 나는 천 장쯤 되는 스티커를 뽑아서 일일이 그 잡지에 다 붙였다. 온 라인으로 기사가 만들어진다면 그럴 필요가 없다. 고치면 그만 이다. 인쇄물의 가장 큰 고민인 불변성이 아주 크게 개선되는 셈이다.

이 주기를 제외하면 잡지기자라 해도 다른 생활은 비슷하 다. 아침에 일어나서 출근하고 저녁에 퇴근한다. 윗사람 아랫 사람 옆 팀 사람, 잘 아는 사람 잘 모르는 사람, 좋은 사람 싫은 사람 먼 사람 가까운 사람 등등 보통 사회생활에 있는 사람들 이 다 있다. 보통 한국 남자들이 다니는 직장에 비해 술은 덜 마시고 커피는 더 많이 마시는 것 같다. 예전처럼 사무실에서 굴뚝처럼 담배를 피우면서 원고를 적거나, 원고가 너무 늦어져 서 인쇄소까지 가서 원고를 만든다거나 하는 일은 이제 없다.

세상의 많은 일이 그렇듯 이쪽 일에도 20세기적 불확실성이나 객기는 점차 사라지고 있다. 남은 건 한 달에 한 번쯤 평일에 쉬는 대체휴가 정도, 그래서 평일 오후에 코인 세탁소에서 세탁기를 돌릴 수 있는 여유가 가끔은 있다는 것 정도다.

이 이야기를 쓸 때마다 매번 걱정한다. 너무 흔한 이야기를 너무 길게 적는 거 아닐까. 이번 이야기는 더 걱정된다. 과연 이런 이야기가 재미있을까?

일의 보상

첫 직장의 연봉은 1,600만 원이었다. 4대보험을 빼고 통장에 들어오는 돈은 103만 원이었는지 108만 원이었는지 기억이 잘 나지 않는다. 나는 첫 직장의 월급이 제대로 기억나지도 않을 정도로 현실감각이 모자랐다. 월급을 신경 쓰지 않아도 될 정도로 집안 형편에 여유가 있지도 않았다.

돈 욕심만 없었지 갖고 싶은 물건은 있었다. 역시 현실감각이 부족했다. 잡지기자를 하겠다는 생각부터가 미숙한 현실감각의 증거일 수도 있다.

첫 직장은 나에게 현실감각이라는 소중한 선물을 주었다. 월급이 안 나오기 시작하자 현실감각이 생기지 않을 수가 없었다. 정해진 날짜에 정해진 액수의 돈이 나온다는 건 인간의(적어도 나의) 정신에 아주 큰 영향을 미쳤다. 월급이 제때 나오지 않으면 삶의 모든 것이 조금씩 어긋나기 시작한다. 전화요금이 밀리고 카드값이 밀려서 부끄럽게도 나는 당시의 연인에게 빚을 져야 했다.

첫 회사의 대표님은 최선을 다해 잘해보려 했지만 살다보면 최선을 다 해도 잘 안 될 때가 있다. 이것도 첫 회사가 알려준 소중한 교훈 중 하나다. 결국 그 회사는 사정이 안 좋아져서 문을 닫았다. 80만 원쯤 되었던 퇴직금은 아주 나중에 서울지

방노동청에서 받았다. 아주 나중에 받은 이유는 그걸 받을 수 있다는 사실을 몰랐기 때문이었다.

나는 이 정도로 느슨한 사람이었다. 야심도 욕심도 없었다. 잡지 일이 어렴풋이 재미있어 보였는데 우연이 겹쳐 잡지 에디터가 되었을 뿐이었다. 그러다 이 일에서 고통을 느끼며 나는 서서히 보상이라는 개념을 생각해보기 시작했다. 육체적으로는 피로하고 정신적으로도 쉽지 않으며 금전이라는 보상도 아주 높다고는 볼 수 없고(월급을 노동시간으로 나누면 최저시급 이하였다) 남는 시간도 없다면, 나는 이 일을 왜 하고 있는 걸까? 이 일이 나에게 주는 보상은 무엇일까?

한때는 내 능력이 이 정도밖에 안 돼서 이런 일이나 하고 있다고 생각했다. 잡지를 만드는 일엔 '이런 일이나'라는 말로 자조할 부분이 분명 있었다. 이 일을 하면서 내 주변을 스쳐간 너저분한 사람들이 꽤 있다. 그런 사람들은 얕은 수를 쓰면서 내 노동력을 무료쿠폰처럼 갖다 쓰고 내가 일하는 동안 자신들은 놀면서 즐거운 시간을 보냈다. 그 상황을 불공평하다고 느껴도 별 수 없었다.

내가 할 수 있는 일은 내가 해야 하는 일을 하는 것뿐이었다. 그때는 그게 꽤 억울했다. 이래서 다른 친구들이 공부를 그렇게 열심히 해서 좋은 직장 간 걸까, 하는 생각을 정말 많이 했다.

생각해보니 처음부터 내가 바랐던 보상은 돈이나 명예가 아니었다. 내가 기대했던 이 일의 보상은 멋있는 일을 할 수 있다는 경험 자체였다. 뭔가 멋있어 보이는 걸 하고 싶었다. 감성적인 인터뷰나 예리한 칼럼을 쓰는 일. 그 보상마저 처음엔 받을 수 없었다. 몇 년 전 내가 해야 했던 일은 고가시계에 관련된 글 아니면 섹스칼럼이었다. 잘 하면 좋은 일이고 지금와서 보면 오만한 말이지만 당시 내가 하고 싶던 것, 내가 멋있다고 여겼던 분야는 아니었다.

그때 나는 만화《디트로이트 메탈시티》의 주인공 네기시를 생각했다. 네기시는 귀엽고 세련된 통기타 팝을 하고 싶어서 시골 오이타에서 도쿄로 올라왔다. 현실의 네기시는 돈을 벌기 위해 데스메탈 밴드의 보컬 클라우저 2세가 되어야 했다. 말하자면 내게는 고가시계 페이지가 네기시의 데스메탈이었다. 고가시계에겐 미안하지만.

로스 맥도널드의 소설《블랙 머니》의 주인공 루 아처는 스스로를 "낭만주의자에서 시작해 현실주의자가 되었다"고 묘사했다. 내가 그랬다. 나는 첫 직장 덕에 월급의 소중함을 배웠다. 일을 하면 감사하게도 월급이 들어온다. 정해진 날짜에 정해진 액수의 돈이 들어오는 건 인간에게(적어도 내게) 아주 큰 정신적 안정감을 준다. 그 돈을 신나게 썼다. 물건을 사거나 경험을 샀다. 저축 같은 것도 전혀 생각하지 않았다. 남에게 한번 해보시라고 권할 일은 못 되지만 개인적으로는 아주 많이 배웠다.

하고 싶어서 시작한 일이었지만 하고 싶은 분야를 하지 못하니 별 재미가 없었다. 자연스럽게 일은 일이고, 일로 인해 생기는 자원이 보상이라고 생각했다. 그게 비는 시간이든, 더 높은 월급이든. 다만 이렇게 생각하면 보상이 늘 마음에 안 들었다. 시간도 모자랐고 돈도 모자랐다. 1,600만 원보다는 올랐지만 잡지 에디터의 월급은 별로 높지 않았다. 불만을 느끼지 않을 수가 없었다. 그 끝에 나는 업계를 잠시 떠났다. 보상이 마음에 들지 않아서만은 아니었지만 좀 더 제대로 된 보상을 받고 싶었던 것도 사실이었다.

잡지업계 바깥에서 나는 보상의 개념을 다시 생각하기 시작했다. 일한 결과 받는 돈이나 여가 시간은 물론 보상이다. 그게 일의 결과로 인한 보상이라면, 과정이 주는 보상도 있을 수 있다. 내게는 그 과정, 일 자체가 보상이었다. 하고 싶은 분야를 하는 게 문제가 아니었다. 무슨 페이지를 만든다고 해도 그 안에는 고유한 재미가 있었다. 그 일을 하면서 느끼는 재미, 좋지만은 않은 여러 과정을 거치지만 아무튼 내가 관여한 결과물이 나왔을 때의 만족감, 그리고 가끔 듣는 칭찬, 그런 모든 요소가 내 삶의 일부가 되어 있었다.

내가 일한 결과물이 한 달이 지나도 나오지 않자 기분도 조금 이상했다. 그걸 깨닫고 나는 다시 잡지를 만드는 사람이 되기로 결심했다. 결심한다고 누구나 다시 잡지로 돌아갈 수 있는 건 아니다. 운이 좋았던 덕에 <에스콰이어>처럼 훌륭한 잡지 팀의 일원으로 일할 수 있었다.

다시 잡지 에디터가 된 후 보상의 개념에 대해 생각하게 될 기회가 생겼다. 부정청탁방지법이었다. 내가 일했던 라이프스타일 잡지 역시 부정청탁방지법이 정의하는 언론매체에 포함된다. 신문기자나 방송기자가 받는 청탁은 우리 잡지기자도 받을 수 없다. 이 법이 시행되고 우리쪽 업계도 꽤 많은 게 변했다.

피부로 느끼는 건 간식이 줄어들었다는 점이다. 마감 때가 되면 감사하게도 간식을 보내주는 홍보대행사나 홍보부서가 있었다. 하지만 안타깝게도 마감 때는 신체 리듬이 불규칙해 음식이 입에 잘 들어가지 않는다. 결과적으로 신경 써서 챙

처음부터 내가 바랐던 보상은 돈이나 명예가
아니었다. 내가 기대했던 이 일의 보상은 멋있는
일을 할 수 있다는 경험 자체였다.

겨주신 음식을 그냥 버려야 할 때도 있다. 그때마다 '매달 다른 음식을 챙겨주는 것도 일인데 저걸 안 먹자니 미안하고 먹자니 못 먹겠고, 이것 참 난처한 일이구나' 생각했다. 부정청탁방지법이 발효되자 이런 일들이 거의 없어졌다. 또 다른 예로는 브랜드에서 잡지기자를 해외로 데리고 나가는 브랜드의 출장도 줄어든 편이다.

이런저런 변화 때문에 부정청탁방지법 때문에 이 일의 보상이 줄어들었다고 말하는 사람도 있는 것 같다. 이 법이 시행되자 업계를 떠나 프리랜서 칼럼니스트가 된 사람도 있는 듯했다. 무엇을 보상으로 생각하는지는 개인의 자유고, 이 법을 불편하게 느끼는 것도 개인의 자유다. 다만 나는 이 법에 대해 긍정적이다. 부정청탁방지법이 생긴 이유는 직업윤리를 가져야 할 사람들이 직업윤리를 가지지 않았기 때문이다. 윤리가 자생하지 못한다면 법이라는 강제 시스템이 아니고서야 불가피하게 자라나는 걸 막을 방법이 없다. 나는 딱히 도덕적인 사람이 아니지만 이 일을 하는 사람들이 어느 정도의 직업윤리는 필요하다고 생각한다. 다른 게 아니라 본인의 직업 수명을 위해서.

페이지를 만드는 일엔 분명히 특권적인 부분이 있다. 하지만 나에게 특권은 어디 가서 으스대거나 남이 나에게 비즈니스클래스 항공권을 끊어주는 게 아니었다. 내가 뭔가를 물어봤을 때 누군가가 열심히 대답해주는 것이 이 직업의 가장 큰 특권이었다. 특히 프리랜서 일을 하며 그 사실을 깨달았다.

나는 몇 년 동안 "○○○ 잡지의 아무개인데요, 뭐 좀 여쭐게 있어서요"라고 말하는 게 당연한 삶을 살아 왔다. 내가 일했던 잡지들이 JTBC나 <뉴욕타임스>처럼 많이 알려진 매체는 아니었지만 의외로 많은 사람들이 명함만 보여줘도 자신들의 소중한 경험을 너무 많이 알려주었다. 프리랜서가 되고 나니 내 직함에 붙일 말이 조금 더 궁색해졌다. 이 경험 덕에 프리랜서로 일하는 분이나 개인사업자들도 깊이 존경하게 됐다. 주변에 프리랜서가 있다면 잘 응원해주셨으면 한다. 그거 정말 쉬운 일 아니다.

다시 돌아온 잡지사에서 하나 더 깨달았다. 최고의 동료 및 스태프들과 일할 수 있다는 것 역시 나에게는 아주 큰 보상이라는 걸. 내가 뭔가를 궁금해하고, 그걸 잘 말해줄 사람에게 묻고, 그렇게 물어본 결과가 나온다 해도 그건 다듬어지지 않은 로데이터$^{raw date}$ 수준에 머무른다. 그 데이터를 전문가들과 함께 시각화할 수 있는 일은 잡지가 아니라면 어디에서도 할 수 없다. 한국의 잡지계에서 함께 일하는 사진가, 스타일리스트, 헤어·메이크업 아티스트, 편집디자이너 등의 전문 인력은 굉장히 수준이 높다. 이들과 함께 일할 수 있는 것만으로도 큰 경험치가 된다. 그리고 이 모든 걸 남(회사)의 돈으로 한다. 내게는 굉장한 일이다.

지금까지의 이야기가 무조건적인 찬양이 아니라는 점을 확실히 말해두고 싶다. 나는 이 업계의 악습을 포장하고 싶은 생각이 하나도 없다. 시급이나 여가시간 등의 조건을 고려하면 이 일의 보상 수준은 여전히 낮다. 더 좋은 대우를 받을 수 있는 사람이 이 업계를 빠져나가는 건 자연스럽다. '잡지가 살아남아야 한다'는 명제 때문에 사람들이 순교하듯 일해야 할 이유는 어디에도 없다.

다만 내가 아직 잡지를 좋아한다. 여전히 잡지와 잡지 일에는 괜찮은 가능성이 남아 있다고 믿는다. 괜찮은 가능성이 남아있다는 쪽에 얼마 안 되는 내 칩을 걸었다고 볼 수도 있겠다. 아무튼 나는 잡지 에디터라는 일을 골랐고, 이걸 고른 이상 최대한 여기서 교훈이나 의미를 많이 가져가고 싶다.

요즘 나는 내 젊음이 얼마 남지 않았음을 느낀다. 그걸 느낀다는 것부터가 별로 젊지 않다는 이야기일 것이다. 얼마 안 남은 내 소중한 젊음을 불평으로 채우고 싶지는 않다.

나는 늘 동면기의 곰처럼 게을렀다. 하고 싶은 것도 되고 싶은 것도 없었다. 햇빛을 받으며 낮잠을 자는 게 가장 좋았다. 수험생일 때도 하루에 꼬박꼬박 9시간씩 자던 내가 이렇게 바뀌다니. 나라는 게으른 인간을 바꿀 계기를 주었다는 게 일이 내게 준 가장 큰 보상일 수도 있겠다.

+

본문과는 상관없지만 하나만 더 말해두고 싶다. 나는 직업 기자들이 본인의 기사나 제목에 부정청탁방지법을 '김영란법'이라고 칭하는 건 명백한 잘못이라고 생각한다. 김영란법이란 말 안에는 김영란이라는 까탈스러운 개인이 융통성 없이 굴어서 사람들을 불편하게 하는 법이 생겨났다는 뉘앙스가 들어있는 것 같다. 전혀 그렇지 않다. 이 법은 적법한 절차를 거쳐서 시행된 법이다.

법 시행 이후의 국민 만족도도 굉장히 높다. 여기까지야 개인적인 느낌이라고 쳐도, 이 법에는 부정청탁방지법이라는 엄연한 정식 명칭이 있다. 부정청탁방지법이 길다면 '아청법(아동청소년의 성보호에 관한 법률)'처럼 줄여 말하면 그만이다.

언제까지 이 일을
할 수 있을까

"○○ 선배 그만뒀다면서요"라는 말은 빈 방 안의 카레 냄새처럼 업계의 사람들 사이로 퍼져나간다. 그럴 때마다 '아' 싶은 기분이 든다. 방금 표현이 무책임한 걸 알지만 딱히 다른 말로 표현하기가 쉽지 않다. 떠난 걸까, 떠밀린 걸까, 탈출한 걸까, 지친 걸까, 다 했나 싶었을까 등등 묻지 못할 말이 잠시 머릿속을 돌다가 사라지고 마지막 질문만 남는다. 나는 언제까지 할 수 있을까. 언제까지 버틸 수 있을까. 언제까지 이 일이 즐거울 수 있을까.

라이프스타일 잡지 에디터라는 직업의 수명은 별로 길지 않은 것 같다. 이렇게 말하면 사람들이 의외로 놀라는데 내 입장에선 사람들이 놀라는 게 더 놀랍다. 이 직업의 수명이 짧은 이유는 여러 가지가 있으며 그 이유들은 다 합당하다. 앞서 말했듯 이 일의 물리적 보상은 넉넉하지 않다. 다양한 종류의 피로가 몸과 마음 곳곳에 쌓여간다. 젊은 감각이 중요한 일인 만큼 이 일이 원하는 시대적 감각에 처지기도 한다. 아니면 배터리의 수명이 닳듯 자기 안의 기력이 조금씩 줄어든다.

이 모두가 섞이다 참을 수 없을 정도로 끓어오를 때 사람들은 탈출 버튼을 누르듯 편집장을 찾아간다. "드릴 말씀이 있습니다." 편집장들은 그 말만 나와도 얘가 무슨 말을 하려는지 알겠다고들 한다. 내 경우에도 경험상 사직 관련해 드릴 말씀이 있다고 하면 다들 무슨 말씀을 드리려는 건지 알아차리셨던 것 같다. 표정이 달랐나.

다른 건 몰라도 감각이 처지거나 자신 안의 기력이 닳아가는 건 좀 미묘한 문제다. 감각이나 기력이 고갈된다고 해도 일을 해나갈 수는 있다. 어차피 세상의 다른 많은 일처럼 이 일 안에도 관성적이거나 고정적인 부분이 있다. 그 관성에 맞을 만큼만 몸을 움직이거나 고정된 요소를 어기지만 않을 정도만 해도 한 달쯤 지나면 잡지 한 권은 나와 있다. 나도 언젠가는 그렇게 일했을 때가 있을지도 모르겠다.

최근에 다녀온 출장에서는 신문사 기자분들과 함께 일주일을 보냈다. 일주일쯤 지내다보면 이런저런 이야기를 하게 마련이다. 이번에 한 이야기 중에서는 신문과 잡지 일의 성격 차이도 있었다. 듣기로 신문기자는 원고를 만들어서 넘기면 제목도 데스크에서 정한다고 했다. 그래서 내가 만든 기사의 제목을 지면에서 보는 경우도 있다고 했다. 잡지는 다르다. 제목을 최종적으로 정하는 사람은 편집장이지만 그 페이지의 제목을 내고 가장 적합한 제목을 짓는 사람은 담당 에디터다. 그 제목 짓기도 보통 일이 아니긴 하다.

인터뷰도 다르다. 잡지 에디터는 누군가를 인터뷰한다면 어디서 무슨 옷을 입고 어떻게 사진을 찍을지도 다 정해야 한다. 사진에도 좀 더 공을 들인다. 신문 인터뷰를 주로 하는 사람들의 사진을 찍으면 "이렇게까지 하나요?"라며 놀랄 때도 있다. 네, 이렇게까지 하고말고요. 물론 신문기자 역시 잡지기자보다 여러모로 어려운 점이 있을 테니 기력이 빠지는 분야가 다를 것이다. 신문기자보다 잡지기자의 일이 더 많다고 말하려는 것이 아니니 오해 없으셨으면 한다.

지면 안에서 자율성이 높다는 건 이 일의 가장 큰 매력인 동시에 개개인의 기력을 빨아먹는 요소이기도 하다. 하다보면 끝도 없고 뭐든 할 수 있다는 점은 의지가 있는 사람에게는 엄청난 장점이다. 내 세대의 드림 매거진이었던 <지큐> 한국판에서는 잡지 에디터의 장점으로 "우럭(아니면 광어)부터 동방신기까지 취재 대상이 될 수 있다는 점"을 꼽은 적이 있다. 그런 선구자들 덕에 나 역시 햇볕정책과 페터 춤토르*의 건축부터 애널섹스에 이르는 온갖 것을 지면에 올리고 있다. 재미있을 때가 많지만 늘 재미있지만은 않다.

---

* 2009년 프리츠커상을 수상한 스위스 건축가.

가끔 이게 다 뭔가 싶은 순간이 오기도 한다. 방향이 어딘지도 모르고 막 가고 있었는데 느낌이 이상해서 잠깐 멈췄더니 낭떠러지 앞인 것 같은 기분이랄까. 지금까지 열심히 해왔던 것들이 사실은 아무 의미나 재미도 없던 것 아닌가 싶은 때가 있었다. 황폐화된 미래에 도착한 기분, 아니면 아무리 씨를 뿌려도 아무것도 자라나지 않는 동토 위에 서 있는 기분 같은 걸 느꼈던 적도 있었다. 마음이 약해지면 남들을 곁눈질하기도 했다. 남들은 다 그럴듯한 것, 멋있는 것, 나는 못하는 것을 잘만 하고 있는데 나만 제자리를 빙글빙글 돌고 있는 것 같았다. 빙글빙글 도는 데에만 기력을 다 날려버리고 있는 것 같았다. 나는 체력도 약한데. 그때 이 일을 그만둬야 하나 싶었다.

특히 속상할 때가 기억난다. 하고 싶은 일을 해야겠다고 생각하면서 이 일을 하게 된 지 몇 년 후의 일이다. 그때 나는 닥치는 일을 닥치는 대로 하면서 시간을 보내고 있었다. 그때 내가 하던 일은 별로 마음에 들지 않았고, 나는 불만에 찬 채 담배를 피우고 야식을 먹으며 육체를 혹사시켰다.

혹사시키던 어느 날 나는 미숙하게도 당시의 편집장께 "제가 지금까지 하던 이것도 저것도 하기 싫습니다"라고 이야기를 했다. 인자했던 당시의 내 편집장님은 "그럼 뭘 하고 싶니?"

라고 물었다. 나는 그 앞에서 아무 말도 못했다. 오락실의 농구 머신처럼 오는 공을 무작정 던져넣듯 일하다보니 내가 뭘 하고 싶었는지를 잊고 말았다. 굉장히 부끄러웠던 그 때의 기분이 지금도 선명하게 남아 있다.

그 일은 나에게 아주 큰 교훈이 되었다. 나는 내가 하고 싶던 걸 잊어버릴 수도 있구나, 내가 뭘 하고 싶은지 선명한 상을 그리는 것도 노력해야 할 수 있는 일이구나 싶었다. 그때부터 내가 뭘 하고 싶었는지 아주 열심히 생각하기 시작했다. 당장은 할 수 없다고 해도, 어쩌면 이 도시에서 나의 역량으로는 평생 하지 못할 일이라고 해도. 그때 편집장의 말씀이야 나를 달래려던 것이었겠지만 만약 정말 물리적인 조언을 해주는 사람을 만났을 때 아무말도 못 한다면? 좋은 기회 앞에서 멍하니 있다가 기회를 놓치고 만다면? 으, 별로 생각하고 싶지 않았다.

나는 별로 똑똑한 편이 못 된다. 진작 알았어야 하는 걸 나중에 깨닫고 늘 허둥거린다. 이번에도 그랬다. 내가 뭔가를 먼저 열심히 해둬야 한다는 사실을 알게 된 동시에 내게 남은 시간이 얼마 안 남았다는 사실도 깨달았다. 그래서 사실은 요즘 좀 초조하다. 내가 일을 할 수 있는 시간이 별로 없는 것 같다. 라이프스타일 잡지 에디터를 대표하지도 못하는 주제에 이런

가끔 이게 다 뭔가 싶은 순간이 오기도 한다.
느낌이 이상해서 잠깐 멈췄더니
낭떠러지 앞인 것 같은 기분이랄까.

글을 쓰는 이유 역시 이 초조함과 관련이 있다. 이 일을 하며 느낀 교훈이나 감정 같은 걸 표구해두는 마음으로 밤마다 키보드를 두드린다.

내 경우에 가장 불안할 때는 아무것도 안 하고 생각만 할 때였다. 라이프스타일 잡지 에디터의 일은 기력이 많이 든다. 잡지업계의 규모도 분리수거장의 알루미늄 캔처럼 쪼그라들고 있다. 내가 여기서 계속 일할 수 있는 확률은 너그럽게 봐도 별로 높지 않다. 이 일을 오래 하지 못할 법한데 직장을 떠나 뭘 할지는 모르는 상황이 이어졌다. 그 불안은 몸을 움직여 뭔가를 해보자 조금씩 사라졌다. 퇴사도 해보고 프리랜서도 해보고 사람들의 비웃음이 두려워 꼬리뼈를 덜덜 떨며 블로그를 열어 글을 올려 보기도 했다. 성공했는지는 모르겠다. 하지만 뭔가를 하면 이렇게 된다는 경험을 얻었다. 소중한 자산이다.

이 일을 하면서 알게 된 분들도 큰 힘이 된다. 앞서 말씀드린 것처럼 한국의 라이프스타일 잡지 에디터는 신종 직업이다. 이 신종 직업을 그만뒀을 때 무엇을 할지에 대한 데이터는 아직 확실히 나와 있지 않다. 그럼에도 나보다 먼저 어두운 길을 떠난 여러 선후배 동료 에디터들이 있다. 나보다 더 용기 있게, 나보다 훨씬 훌륭하게 자기 길을 가고 있는 사람들이 적지 않다. 직접적으로 친하지는 않아도 멋있게 사는 분들은 티가 난다. 그 모든 분들이 내게는 스승이다.

이 일을 언제까지 할 수 있을지는 여전히 모르겠다. 얼마 안 남았다는 사실만 알 수 있다. 눈에 초점이 잘 안 맞지만 결승선이 저 멀리 보이는 기분이다. 언젠가 나는 나도 모르게 결승선을 넘어 있을 것이고, 때가 되면 내가 모른다고 해도 누군가가(아마 회사의 인사 담당자가 발령 등등의 형태로) 이제 떠날 때라는 사실을 알려줄 것이다. 그 사실을 받아들이고 있다. 받아들이니까 기분이 조금 더 상쾌해지기도 했다. 너 열심히 신나게 최선을 다해서 하면 되는 일 아닐까. 그렇게 해야 후회도 덜할 테고.

너는 좋겠다

"슈투트가르트 출장 다녀왔어." "다음주에 갑자기 도쿄 출장이 잡혀서 이번주 금요일 모임에 못 갈 것 같아." "지난번엔 나카타 히데토시가 한국에 와서 잠깐 인터뷰했어."
별 생각 없이 이런 말을 친구들에게 할 때가 있다. 그러면 비슷한 반응이 돌아온다. 너는 좋겠다고. 재미있는 일 하면서 돈 벌어서.

"아유 아니야. 일인데 뭘."
이 말을 들으면 진지하게 부정하던 때가 있었다.

그 말 밑에는 이런 구체적인 예가 들어 있다. 해외 출장은 해외까지 나가는 거니까 당연히 그 멀리까지 갔다 온 가치가 있는 결과물을 만들어내야 하고, 그건 그만큼의 부담이라고. 스텝들과 함께 간다는 건 그 사람들이 할 수 있는 최고의 결과물을 만들어내야 하는 건데, 그건 그 사람들의 컨디션을 신경 쓰는 일까지 포함된다고.

누구와 하든 인터뷰는 늘 겁나는 일이라고. 언제 무슨 일이 생겨서 인터뷰 방향이 어디로 갈지 모른다고. 어떻게든 큰 문제없이 끝난다고 해도 그때 물었어야 하는데 묻지 못한 질문이 꼭 떠오른다고. 거의 모든 인터뷰에서 추가로 질문할 기회는 없기 때문에 그때 못한 질문들이 며칠이고 기억난다고.

출장이 있든 인터뷰가 있든 잡지 일은 마감을 지켜야 하는 일이라고. 한국의 라이프스타일 월간지를 만드는 상황에서 7일짜리 출장을 가는 건 출장 전의 잔업과 야근과 출장 후의 각종 정산을 포함하는 일이라고.

잡지 일이 재미있어 보이는 건 맞지만 재미로 할 수만은 없는 일이라고. 말이 잘 안 통하는 사나운 사람들과 마주칠 때가 허다하다고. 그러다 보면 내 자신이 말 안 통하는 사나운 사람이 된 것 같아 기분이 더러워질 때도 많다고. 시간은 늘 모자라고 몸은 늘 마음처럼 움직이지 않는데 온갖 사람들이 신경 긁기 경연이라도 하듯 쓸데없는 이야기를 건네기도 한다고. 그럴 때가 생각보다 많다고.

무엇보다 이 일이 쇠락하고 있다고. 잡지가 광고주들이 말하는 4대 매체에서 벗어난 지가 이미 오래 전이고 그렇기 때문에 너희들이 모르는 사이에 많은 잡지가 없어졌다고. 업계가 쪼그라드니까 같이 일해보고 싶은 유능한 사람들이 업계를 떠나고 마주 앉아 밥을 먹어도 할 이야기가 없는 사람들이 남는다고. 그런 사람들이 업계를 망치는 걸 지켜봐야 한다고.

하지만 그런 건 내 사정일 뿐이다. 사람들이 바라보는 잡지 에디터라는 직업에는 분명히 설레는 요소가 있는 모양이다. 그 사실을 받아들이기로 했다. 내 쪽에서의 시야만 정답이라는 법은 없으니까.

푸념으로 두 시간쯤은 떠들 수 있지만 왜 잡지를 하느냐? 에 대한 이유 역시 확실하다. 앞서 말한 이 일의 보상 때문이기도 하지만 조금 더 큰 이유도 있다. 일을 할 수 있는 시간이 얼마 남지 않았다는 걸 알기 때문, 그리고 이 일에는 아직 멋진 가능성이 있다고 생각하기 때문이다.

잡지 일은 어떻게 하든 오래는 할 수 없다. 거기엔 여러 이유가 있다. 우선 젊은 감각과 젊은 체력이 필요한 일이다. 물론 원숙한 감각과 좀 덜한 체력으로도 잡지를 만들 수 있다. 하지만 2018년 11월 현재 그런 방법론으로 성공한 잡지는 한국에 아직 없다. 그런 게 생기려면 누군가 또 도전해야 한다.

그리고 잡지 에디터라는 자리도 줄어들고 있다. 2018년 11월 한 해에만 사라진 잡지가 한 손 이상으로 꼽을 수 있을 정도다. 보통 패션·라이프스타일 잡지라면 에디터가 6~10명쯤 된다. 사라진 잡지가 5개라면 사라진 자리가 30~50개는 된다는 의미다. 그리고 사라진 잡지들은 다시 생겨나지 않을 것이다. 적어도 내가 일했던 잡지 중 사라진 2개는 아직도 돌아올 기미가 없다. 매체에 소속된 잡지 에디터라는 일을 할 기회 자체가

줄어드는 것이 사실이다.

'일을 할 시간이 얼마 남지 않았다면 일을 안 하면 되잖아?'라고 생각할 수도 있다. 실제로 요즘은 일이라는 걸 삶의 독毒처럼 느끼는 풍조가 유행인 것 같다. 물론 세상에는 고통스러운 일이 있다. 일에서 생긴 육체적이나 정신적인 고통을 휴식으로 풀어야 할 때가 있다. 일에는 정당한 대가가 있어서 어떤 일을 하려면 최소한의 대가를 받아야 하기도 한다.

하지만 그를 떠나 세상엔 분명히 일에서만 느낄 수 있는 쾌감도 있다. 좋은 섹스나 아주 잘 만든 음식에서만 느낄 수 있는 쾌감이 있고, 그 쾌감은 다른 쾌감과는 비교할 수 없는 것처럼. 어려운 일을 해낼 때의 쾌감이라는 것도 있는 것 같다. 잡지 일에는 어려워 보이지만 막상 해내고 나면 즐거워지는 일이 많다.

다만 '이 일에 이런 즐거움이 있으니 같이 한번 해 봅시다'라고 말하기는 점점 어려워지고 있다. 우선 일에서 즐거움을 얻는다는 발상이 점점 이해받기 어려워지는 것 같다. 게다가 냉정하게 말해 일을 잘 하려면 꽤 많이 노력해야 한다. 언제 보상이 돌아올지도 모르는 채 어둠 속에서 팔을 휘젓는 듯한 시간을 보내야 할지도 모른다. 일을 위해 들이는 노력을 시간으로 나누면 최저임금의 반의 반도 안 될지도 모른다. 위법이다. 남에게 권할 수 없는 일이 된다.

이런 일에 열정 같은 말을 붙이면서 억지 노력을 권할 수는 없다. 지금은 타인에게 시급 이상의 노력을 강요할 수 없는 세상이고 나는 그 규칙을 어기고 싶지 않다. 누군가 자발적으로 해주면 고맙기야 하겠지만 원래 세상엔 안 고마운 일이 더 많다. 그러니 소극적으로 혼자 생각할 뿐이다. '어차피 무슨 일이든 잘하려면 초반엔 고생이 불가피한데. 잡지 일에는 여전히 매력과 가능성이 있는데. 한번 와서 열심히 해보면 할 만할 텐데'라고.

이 책을 만드는 내내 두 가지 의도를 떠올렸다. 하나는 한때의 치기로 이 업계에 들어오려는 젊은이들에게 다시 한번 고민해보라는 말을 해보고 싶어서였다. 불경기는 길어지고 취업은 점점 어려워진다. 대졸자의 경우 취업 가능성이 가장 높을 때는 대졸 직후인데, 그때 의미 없이 시간을 보내면 나중에 후회할지도 모른다. 꿈 많은 시절에는 잡지 일이 꽤 괜찮아 보인다. 하지만 객관적으로 종이 잡지 시장과 에디터라는 직군의 자리는 점점 줄어들고 있다. BTS처럼 콘텐츠를 가진 곳이라면 유튜브 채널처럼 플랫폼을 쉽게 운용할 수 있기 때문에 대중매체라는 플랫폼 비즈니스 모델 자체가 위기다. 그냥 화려한 게 좋아서 잡지를 하고자 한다면 분명히 후회할 것이다.

모순적이게도, 동시에 뜻이 있는 젊은이들이 잡지라는 형태의 정보 제작에 관심을 가져주길 바라기도 했다. 신문보다 깊고 책보다 빠른 잡지의 리듬은 얼마든지 현재의 미디어 플랫폼 상황과 유동적으로 결합할 수 있다. 글만 보는 것도 아니고 책을 만드는 것도 아닌 잡지 페이지 제작 기술은 웹페이지 제작이라는 미디어 환경에서도 충분히 통용될 수 있다. 하다못해 인스타그램 게시물도 이미지와 텍스트로 이루어진다는 점에서 잡지 편집의 문법과 큰 차이가 없다.

한국 잡지 업계는 양질의 독자라는 아주 훌륭한 자산을 가지고 있다. 취업이든 창업이든, 미래를 볼 줄 알고 긍정적인 상상력을 가진 젊은이가 업계에 들어온다면 보람과 성과를 느낄 수도 있다. 당신의 손으로 괜찮은 미래를 만들 수 있다.

이런저런 생각을 다 말할 수는 없다. 요즘 누군가 가끔 "너는 좋겠다"고 말하면 이렇게 답할 뿐이다.

"그러게 말야. 운이 좋아서 다행이야."

에필로그와
감사의 말

이 책의 초안을 제안한 카카오의 황명희 과장께 감사드린다. 내가 브런치라는 블로그를 처음 열었던 2015년 황명희 과장이 '잡지 에디터의 생활'이라는 주제로 원고를 연재하면 어떨지 물었다. 그때는 부끄러워서 거절했다. 내가 무슨 잡지 에디터를 대표한다고. 지금도 내가 잡지 에디터를 대표한다고 생각하지 않지만 대신 좀 뻔뻔해졌다. 그래서 이렇게 한 권의 책이 나오게 됐다. 황명희 과장처럼 꼼꼼하고 통찰력 있는 사람의 제안이라면 책으로 나와도 될 것 같다고 생각했다.

브런치 '위클리 매거진'에 자리를 내 준 오성진 매니저께도 감사드린다. 뭐든 눈에 잘 띄는 자리에 놓이는 건 아주 중요하다. 게다가 처음부터 눈에 잘 띄는 자리에 놓이는 건 보통 행운이 아니다. 거기 더해 매주 시간을 맞춰서 글을 올려둬야 약속된 시간에 글이 나간다는 시스템 덕분에 총 20회를 연재하는 동안 어떻게든 마감을 해낼 수 있었다. 나는 아직은 마감이 있어야 뭔가를 해낼 수 있는 부족한 사람이다.

단행본 전용으로 들어간 인터뷰에 참여해주신 모든 분들께 깊이 감사드린다.

크게 애착이 가는 페이지인 교정사와 사진가 인터뷰에 귀중한 이야기를 해주신 교정사 봉소형과 사진가 김참께 감사드린다. 만약 잡지를 주제로 책을 만든다면 이런 분들의 이야기를 꼭 싣고 싶었다. 잡지는 에디터 혼자 만드는 게 아니다. 교정사와 사진가는 내가 이 일을 하면서 가장 많은 가르침을 주신 분들이다. 내가 이 책에서마저 내 이야기만 하면 결국 여기서도 잡지 에디터의 사정만 나오는 꼴이었다. 그 불균형을 조금이나마 줄이고 싶었다.

교정사 봉소형은 개인적으로 꼽는 나의 첫 잡지계 스승이다. 좋은 문장을 만드는 법과 나쁜 문장을 피하는 법은 물론 사람을 대하는 법과 일을 대하는 방법도 알려 주셨다. 인터뷰를 구실 삼아 오랜만에 뵐 수 있어서 감회가 새로웠다. 살아남아서 스승을 찾으러 간 기분이었다.

사진가 김참은 내가 이 업계에서 본 사진가 중 가장 겸손하면서도 필사적으로 일하는 사람이다. 그는 달변이라고는 할 수 없어도 확실히 뭔가가 전해지는 이야기를 해주었다. 그리고 당연한 이야기지만 그의 말보다 그의 사진이 훨씬 멋지다. 김참의 이야기를 실을 수 있어서 다행이라고 생각한다.

<보그 코리아> 패션 에디터 홍국화는 현대 사회의 패션 에디터가 어떤 직업인지에 대해 아주 소상히 들려주었다. 직업에 대한 높은 몰입도와 프로의식, 뭔가 조금이라도 더 좋은 걸 만

들어보고 싶어서 피로에 연연하지 않는 자세는 패션보다 더 멋지다. 패션 콘텐츠 에디팅이라는 직업을 대하는 홍국화의 태도는 특정 직업을 넘어 지금 시대의 일이라는 게 무엇인지 생각해보게 한다. 특히 홍국화는 인터뷰가 끝나고 원고가 만들어진 후에도 본인이 원고를 거듭 확인하며 인터뷰 원고의 완성도를 높여주었다. 아울러 <보그>의 이름이 나온다는 이유로 직접 원고를 검토해주신 신광호 편집장께도 깊은 감사를 전한다.

개인적으로 아쉬운 부분도 있다. 잡지를 만드는 또 다른 주체인 편집장과 편집디자이너 그리고 패션 콘텐츠에서 큰 역할을 하는 스타일리스트와의 인터뷰를 싣지 못했다. 이들 직군의 중요성을 잘 알고 있으나 시간과 일정에 쫓기고 체력과 능력이 모자라 인터뷰를 하지 못했다. 만약 증보판 같은 게 나올 수 있다면 꼭 진행해보고 싶다.

<오프>, <크로노스>, <젠틀맨 코리아>, <루엘>, <에스콰이어>와 매거진 <B>까지, 함께 일해온 모든 선후배 동료 에디터께 감사드린다. 그분들과 나눈 이야기들이 이 책의 직간접적인 소재가 되었기 때문만이 아니다. 모든 분들과 함께 서로 격려를 나누고 배워가며 여기까지 왔다. 뽑아주시고 키워주시고 가르쳐주신 모든 분들께 다시 한 번 고개 숙여 감사드린다.

같이 일한 적이 없다 해도 한국 잡지라는 걸 만들어 오셨고 지금도 만들고 계시는 모든 분들께, 일선의 브랜드 담당자들께도 감사와 응원을 보내고 싶다. 아무튼 우리는 뭔가 좋은 걸 만들고 싶은 거겠죠.

이 외에도 책에 직간접적으로 관련된 잡지업계 내외의 모든 분들께 감사를 전한다. 책에 부족함이나 문제가 있다면 그건 모두 저자인 나의 책임이다.

이 글을 브런치에 연재하는 동안 답글을 달아주신 모든 분들께 깊이 감사드린다. 생각보다 많은 사람들이 이 연재물을 읽어주셨다. 그 중에는 잡지의 독자도, 한때 잡지 에디터를 하고 싶어한 사람도, 언젠가 잠깐 잡지계 안팎에서 일했던 사람도, 지금 잡지 에디터를 하고 싶어 하는 사람들도 있었다. 그 사람들의 반응을 보면서 한국 잡지계 최대의 자산은 독자라는 걸 깨달았다.

업계 안에 있는 사람들의 고정관념이 있다. 자극성이 떨어지는 긴 글은 읽지 않는다는 것이었다. 하지만 놀랍게도 많은 사람들이 자극적이지도 않고 쉽다고 할 수도 없으며 짧지도 않은 이 글을 끝까지 읽어 주었다. 끝까지 읽었는지 아닌지는 답글을 보면 안다. 모두 자신의 방식으로 깊이 이해해 애정(나에게가 아니라 잡지에)어린 반응을 보여주셨다.

그분들의 관심 덕에 어떻게든 수요일 밤 12시까지 글을 쳐서 올렸다. 이사가 다 끝나지 않은 집에서 종이 상자 위에 컴퓨터를 올려두고 쓴 적이 있다. 정말 잠이 모자란 상태에서 고개를 꾸벅거리면서 어떻게 만들어졌는지도 모르는 채 완성시킨 글도 있다. 결과적으로 얼굴을 뵌 적도 없이 숫자로만 나타나는 그 관심 덕에 하나의 시리즈가 완성되어 책으로까지 나왔다. 그때나 지금이나 조회수로만 어렴풋이 존재를 아는 이름 모를 독자들께도 감사가 돌아가야 한다고 생각한다.

이 책의 출판을 결심하고 제안해 주신 세이지世利知출판사의 이한나 대표께 감사드린다. 세이지가 아니었다면 이 책의 모양이 이렇게 정갈하게 나왔을까 싶다. 이한나 대표는 편집자 특유의 너그러움과 꼼꼼함으로 내 글의 부족한 부분(한두 군데가 아니었다)을 개입한 티도 나지 않게 메꿔 주었다.

베일에 싸인 일러스트레이터 정성주 님과 디자인을 맡아주신 민혜원 님께도 감사드린다. 직업 잡지 에디터로 일했으니 그림과 디자인이 얼마나 중요한지는 잘 알고 있다. 덕분에 펼쳐보고 싶은 책이 되었다고 생각한다.

내가 언젠가 마주쳤던 업계의 어떤 선배께 감사를 전한다.

그 선배도 언젠가 책을 만들었다. 조금 더 나이가 들고 보니, 고민도 노력도 없이 순간의 잔재주로만 이루어진 글을, 역시 고민도 노력도 없이 A4 인쇄물에 스테이플러만 찍는 수준의 정성으로 엮어 만든 책이었다. 충격적이었다. '저렇게 해도 저자가 되는구나. 저런 사람이 내가 동경하던 에디터였구나. 저게 잡지 에디터라는 직업이었구나.' 이런 생각을 했던 것 같다. 저런 사람이 만든 글을 보면서 잡지 에디터를 하고 싶어한 내가 얼마나 멍청했는지 다시 한번 느꼈다.

그때의 각성이 일에 대한 자세를 가다듬는 데 아주 큰 도움이 되었다. 내가 별 생각 없이 만든 원고라도 누군가는 열심히 읽고 보고 환상을 가질 가능성이 있었다. 말 그대로 가능성인 그 가설이 나의 당근과 채찍이었다. 직업 잡지 에디터를 하는 내내 늘 부족했지만, 그 가능성을 생각하면 할 수 있는 한 한 자라도 더 제대로 된 글자를 빈 워드 창에 쳐넣고 싶었다. 그건 이 책을 만들 때도 마찬가지였다. 그 선배를 옆에서 지켜본 경험이 이 책을 만들 때도 아주 큰 도움이 되었다. 모든 원고를 다시 다듬은 것도, 부족하나마 단행본 전용 원고를 넣은 것도 모두 그 선배의 덕이다.

이 원고를 블로그에 올렸을 때 긴 답글을 달아준 어떤 대학생께 응원과 감사를 전한다. 잡지 에디터를 너무 하고 싶은데 여러 가지 고민이 있다는 이야기였다. 밤에 올라온 답글이라 답글을 달아야지…라고 생각하면서 잠들었다가 며칠 후에 보니 답이 지워져 있었다. 정보를 원하는 간절한 마음에 대답을 주지 못한 듯해 계속 마음에 걸렸다. 그 분께 쓸모 있는 정보를 드리고 싶다는 마음이 책을 만들 때 큰 동력이 되었다. 그 학생이 어디서 뭘 하고 계실지는 몰라도 즐겁게 열심히 보람을 느끼며 일했으면 좋겠다.

박찬용

잡지의 사생활

Personal Memoirs of
a Magazine Editor in Seoul: 2009~2019

지은이	박찬용
초판 1쇄 발행	2019년 1월 14일

펴낸이	이한나
일러스트	정성주
디자인	민혜원
교정	이진숙

펴낸곳	세이지(世利知)
등록	2016년 5월 16일 2016-000022호
주소	경기도 군포시 용호2로 54번길 11
대표전화	070-8115-3208
팩스	0303-3442-3208
메일	booksage@naver.com
ISBN	979-11-89797-00-3 03800

이 도서의 국립중앙도서관
출판예정도서목록(CIP)은 서지정보유통지원시스템
홈페이지(http://seoji.nl.go.kr)와
국가자료공동목록시스템(http://www.nl.go.kr/
kolisnet)에서 이용하실 수 있습니다.
(CIP제어번호: CIP2018042246)